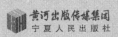
黄河出版传媒集团
宁夏人民出版社

正步走出的

不歪脚印

郑永节 著

图书在版编目(CIP)数据

　　正步走出的歪脚印 / 郑永节著. — 银川 ：宁夏人民
出版社，2011.12
　　ISBN 978-7-227-04920-3

　　Ⅰ．①正… Ⅱ．①郑… Ⅲ．①自传体小说 — 中国— 当
代 Ⅳ．①I247.5

　　中国版本图书馆 CIP数据核字(2011)第 267036 号

正步走出的歪脚印

郑永节　著

责任编辑　张　妤　申　佳
封面设计　晨　皓
责任印制　李宗妮

黄河出版传媒集团
宁夏人民出版社　出版发行

地　　址　银川市北京东路 139 号出版大厦(750001)
网　　址　http://www.yrpubm.com
网上书店　http://www.hh-book.com
电子信箱　renminshe@yrpubm.cn
邮购电话　0951-5044614
经　　销　全国新华书店
印刷装订　宁夏飞马彩色印务有限公司

开本　787mm×1092mm　1/16　　印张　13　　字数　140 千
印刷委托书号(宁)0012216　　印数　2000 册
版次　2011 年 12 月第 1 版　　印次　2011 年 12 月第 1 次印刷
书号　ISBN 978-7-227-04920-3/I·1277

定价　28.00 元

有色彩有声响的文字

茶令人爽

老郑年龄大我一轮多，既是我的同事，也是我的兄长。

老郑性格温和敦厚，生活阅历丰富，人生感悟颇多。

老郑有一颗年轻的心，兴趣广泛，知识面广，还像孩童一样对很多事情怀有好奇心。与老郑玩在一起的大都是年轻人，大家和老郑在一起，谁也不会感到拘束。新来的人叫他"郑老师"，待得久了熟了可能就叫他"郑哥"，厮磨惯了很多人直接就叫他"老郑"。

老郑的性格有着成熟的魅力，粗犷与细致兼备，豪放和体贴俱存。很多人觉得挺重要的事情，在老郑眼里视若无物。朋友们聊天侃谈，有时难免会因观点不一而发生辩论，也会因言语不合而出现对峙，有些火气大的人一时憋不住就会出言不逊，甚至于露出决绝的表情扬长而去。在场的其他朋友很可能会脸上挂不住，但老郑却不以为意，继续谈笑风生。他觉得朋友多年交往彼此相知，一时性起只是暂时的，完全可以理解。第二天果然言笑晏晏，一如往常。

但有些大家认为轻飘飘的小事，老郑却异常认真。老郑经常与朋友们就某一历史事件甚至是某一字的读音意义争得面红耳赤。倘若双方均言之凿凿不愿服输，那就当场拿出纸笔，立字为据，设一饭局作赌。一天深夜，我已解衣上床，突然接到电话。原来是郑哥与朋友在饭店就"庹"字的读音发生争执，双方各执己见互不相让，打来电话托我查阅字典。还有一次，几个朋友就"南书房行走"又起口角，郑哥当即请饭店服务员拿来纸笔，一一书写清楚，写明日期，并在末尾署了名。当天夜里，郑哥回家后，立即上网查证，并下载发至朋友们的邮箱里，这才休息。

老郑为人豪爽，又不乏体恤之情。他待手下人如朋友像兄弟，事事照料得周周到到、体体贴贴，下馆子大都是自己掏腰包，绝少让下属埋单。他善饮啤酒，与朋友们宴饮，他的规矩是每人一瓶，瓶子见底再开始第二轮。这样一轮一轮进行下去，桌上的人便一个接一个开始犯晕。众人都微醉状态熏熏然，酒宴就该结束了。等大家吵着争着叫服务员埋单时，通常都会被告知"账已结完"。

老郑喝酒有大将风范，工作也是出类拔萃。单位的同事看老郑逍遥自在、轻松自如，吃着饭喝着茶，谈笑之间工作就完成了。

老郑做了近30年的处级干部，培养了一大批能采会写的编辑记者。看着手下一个个被提拔当了官，甚至有的职位超过了自己，老郑却依然乐呵呵的，优哉游哉。

看到年轻的编辑用QQ聊天交流，老郑也申请了一个。发现QQ空间还可以写日志，他便试着写了几篇。谁知这一动手（不能叫动笔了，敲键盘需要动手），就像洪水决堤平原驰马，一发而不可收。追忆过去的岁月，那些经历，那些故事，都在脑海里清晰可见。老郑便顺势而为，沿着自己走过的路，像捡拾珍珠一样把过去的欢笑一一收集起来。一篇篇日志相继出现在空间里，引起朋友们的热情关注和品评。不出3个月，就有了好几十篇。在与朋友的交流中，老郑有了结集出版的想法。

老郑将整理好的书稿交给我，让我谈谈想法，提点儿意见。我从头至尾读了一遍,比以前发表一篇阅读一篇又多了一重感受:老郑的文字是有温度有色彩有声响的。

书中的篇目大多是四字标题,每一篇的标题都有动感,读者从标题就能感觉到故事的精彩,比如《滚鞍落马》、《刺杀猪肉》、《手表假日》、《制器坐哨》、《变形青羊》、《石破惊天》、《肥皂月饼》、《智能草人》、《号令天下》、《西风墙报》、《天价道歉》、《人小鬼大》等。

老郑的语言自然流畅,没有丝毫的刻意雕琢。地地道道的方言和行业用语出现在字里行间,给文章凭添了几分风趣,比如"捉蛇的遭蛇咬,玩鸟的被鸟啄","大懒支小懒,小懒踢门坎","懒驴上磨屎尿多","通信员的腿,司号员的嘴",等等。

老郑的文字是有感情的,很多故事让人过目难忘。《真假政委》写一个连部通信员听不懂陕南汉中话,把"马增卫"误传为"马政委",闹出了一场笑话。《快乐的小"灯泡儿"》写20世纪60年代两位老师的恋爱故事。在唐老师与孙老师的恋爱中,作者成了老师有意栽培的"小灯泡儿"。对老师来说他是道具,对他来说则是荣耀和信任。在《挠痒痒与掏耳朵》中,作者深情地回忆了当年在四合院里的大梨树下,躺在母亲大腿上眯着眼睛享受掏耳朵的情景。《偷香椿历险记》则写了一个少年为了让妈妈痛快地吃一顿"香椿摊鸡蛋",果敢深入邻居家中偷香椿而险些被抓的故事。

虽然作者写的都是自己的故事,但读者在阅读中必然会产生共鸣。每个读者都会想起孩童时的自由自在,都会忆起母亲怀抱的温暖,也会试着用汉中话说一声"马增卫(政委)"……

注:荼令人爽,真名为张红兵,毕业于山西师范大学和中国人民大学(双学位),毕业后供职于国家语委,后调入法制日报社任中层干部。

目录 contents

军营趣事
JUN YING QU SHI

滚鞍落马

当兵第一年,17岁多一点儿。刚刚离开插队的地方,走进军营的最初印象除了比此前的物质条件好了许多外,就是十分新鲜。虽然老爷子也曾经是个老兵,但毕竟是他老人家的事儿。自己一身里外三新的军装,那感觉确实是真正的不一样。

当时连队的任务是守卫一家大型的民用油库,24 个小时分 12 班或14 班(冬季和夏季不一样)轮流站岗。连队的营房是一座正规的制式营房,类似北京的四合院,区别是东西长南北短,大小房间共 23 间(以房门为单位,战斗班与机枪班、火箭筒班、连部等房间布局不一。因为新鲜,所以记得比较清楚)。营房的北门为正门,东面的东北角儿还有一个小侧门,小侧门外有一个马厩,里面养着十几匹退役的战马(我们团的前身是一个骑兵团)。西面是炊事班和伙房,伙房里有后门通灶房。距离营房正门约 80 米处就是我们的警卫目标——油库。一条成"U"字形、宽约一米半的排水渠几乎绕着我们的营房流过。

说新鲜,其实也不是见什么都好奇,当时最令我感到新鲜的是那十几匹退役的战马。从新兵连到老连队后,连长到底讲了多少个"不可以",说实话我真的没记住几个,除了"枪口不能对人"和"战士不能在驻地谈恋爱"至今还记忆犹新以外,还有一条听了就如刻进了心里,那就是"任何人都不能骑战马"。理由是"服役时它们每匹马都相当于一个排长,享受行政 23 级干部待遇,退役后享受部队退休干部待遇,谁骑战马就等于侮辱部队退休干部"!

　　说真的,听了连长的教诲后我对这十几匹战马顿生无限敬意,每有闲暇(一个新兵的闲工夫真的不多),我都会特别认真地去给他们刷毛、洗澡,也会偶尔买点儿小零食无私地送给他们吃。但是,心里的一个念头一天天地发酵,一天天地升腾,那就是我相信我即便是骑了战马,我也会让他们原谅我的。我不止一次在想,离休的老将军不是也可以趴在地上让他的孙男孙女当"大马"吗? 假如有一天我骑了哪匹战马,我一定会加倍报答的。

　　事实上,我最中意的是一匹蒙古马,它不是那种威风凛凛、四蹄追风的高头大马,而是看起来个头儿不高,也不威风,甚至根本不像战马的一匹马。其实,我看上它是我的好奇、新鲜,更主要的是自己身小力亏,同时也真怕部队的纪律拍在我的头上。用一句关起门来说的话,我也是半夜吃柿子——专拣软的捏。

　　机会永远属于有准备的人。一日,连队的绝大多数人都去稻田劳动,我借机与他人换岗留在营房值班。下午4点左右,营房内外除去蝉鸣悄无人声,我溜到马厩,从拴马的横杆上解下我心中战马的缰绳,牵着离开营房,一步一步,越走越远。这些退役的战马平时是没有马鞍的,与农家的骡马毫无二致。当时之所以选择那匹蒙古马与没有马鞍是有很大关系的,您想一想,从那高头大马且没马鞍的马背上摔下来该是啥滋味儿,而从这低头矮背的小战马背上滑落下来,那……看到这儿,您也知道我不是省油的灯了吧。

　　在远离营房大约一公里的地方,我找了一个有高台阶的地方"纵身跃上"战马,挺胸抬头轻抖缰绳,胯下的战马十分配合地向着营房而去。实际上我真不知道那算不算配合,为什么没有说"奔"去,因为开始时我根本不知道怎样能让我的坐骑"奔"起来。得意间,想起李向阳等电影中偶像驰骋疆场的画面,不由得左手狠狠地抖了一下缰绳,并用右手用力地拍了一下马背……

只见我的坐骑虽然鬃毛未立、亦未长嘶，但是四蹄早已不是我平常牵缰遛马时那样温柔漫步，一路小跑直奔营房。这时什么威风、英雄、潇洒的想法早已被我甩到了爪哇国，只恨不能多生出几只手抓住他背部的鬃毛。好在他也是"美人迟暮"、"英雄不再"，跑了几百米后渐渐地恢复了往日的散步状态。可此时我已经五魂吓跑了三魄，浑身差点儿抖散了架。

聚神看见了营房，更大的恐惧蹭地一下涌上脑门儿——战马不许骑！可怕什么它偏来什么，前面那着一身军装的不是连长还有谁！当天，连里的值班干部是连长，连部的值班员则是咱本人。定睛一看，还好，连长老兄是背对着我。我正在暗暗庆幸，坐下的战马不知是对我心存芥蒂，还是看到了营房感觉亲切，反正是结结实实地发出了一声嘶鸣。连长闻声回头的瞬间，我不知从何处借来一股神力，竟然滚鞍落马未留下些许痕迹，应该是小学时参加体操队的功夫保佑了我，连长看到的只是一个影子。连长老兄曾在一次实弹投弹事故中，为掩护一名新兵眼睛受伤，因治疗不及时落下了视力模糊的后遗症。

连长朝着战马走过来时，我正在前面曾说过的排水渠里的草丛中隐身避祸。听见连长自言自语地走过来，我大气都不敢喘一口。"哎！明明看到有人在骑马，这人跑哪儿去了？"连长边说边叫着战马的名字。我这时干脆吸足了一口气潜入水中。等我已经下决心宁可被枪毙也不能被淹死而抬起头时，已经看不到连长的影子。

忆苦思甜

　　1973 年八一建军节，那时部队驻守在莽莽贺兰山下，执行战备施工任务：完成"伟大"的"林副统帅"的一项战备工事后续工程。

　　依照当时部队惯例，每逢建军节都要与当地群众搞一次联欢活动，内容大概有三项：请身世贫苦的贫下中农或老工人讲述当年的艰辛岁月，教育年轻人珍惜时下的美好生活，感谢共产党，感谢毛主席，以期达到更加努力工作的目的；军民各自编排一些节目同台演出，共同祝贺建军多少多少周年；前两项结束后，部队首长与当地的代表（领导级别的）共进晚餐，共同畅谈"军民团结如一人，试看天下谁能敌"的伟大真理和各自的实践经验。

　　当时，鄙人在兰州军区属下的一个连队里当大头兵（没有军衔儿的意思），因为还能张罗点儿事儿，在团支部里有个闲差——宣传委员。此委员平日里无非是出出墙报、扫扫盲、组织一下文体活动，遇到像建军节之类的活动还是能派上一些小用场的。

　　这一年派给我的工作有两项：一是请人忆苦思甜，二是组织连队演出节目。第二项鄙人已经手不止一次，早已胜算在握，可第一项是新媳妇上轿——头一次。暗自琢磨一番后就开始行动了，心想，所请之人只要符合 3 个条件自然不会出大错：一、年龄一定要大一些，理由是年龄越大自然吃的苦就会越多一些；二、请两个人，一个有工人经历的，一个有农村经历的，理由是工农搭配内容有区别；三、最好是一男一女，理由是前者解决了内容的区别,后者解决了性别的差异。

我们的驻地与解放军总后军马场的一个单位毗邻,其职工队伍中有转业干部、有转业干部的家属,还有一些浙江支援宁夏的老工人和知识青年……整体来讲,政治面貌还是比较向上的(当时是政治挂帅的年代,要念念不忘政治)。我通过平常认识的军工寻找了几个"讲用对象"(当时的专用语),然后仅凭自己的感觉确定了两个人:一工一农(一男一女)。一工是女性,解放前在杭州的一家工厂做过缫丝工,与我印象中的"包身工"吻合;一农是一名老军工,脸上刻满沧桑和艰辛,而且还是老先进。仓促间,忘了一件大事——没有试听一下。

活动开始第一项就是忆苦思甜。当时我的想法是请老阿婆先讲,这样可以取得"开门彩"的效果,因为事先与老阿婆接触时听到她软软吴语感到很亲切。活动是我主持的,阿婆先上场作忆苦思甜报告。她先是讲了一些几点起床、几点收工以及吃什么东西之类的家常内容,大家听不出旧社会有多么苦,会场上的气氛毫无起伏。在老阿婆喝水的间歇,我主动地诱导阿婆讲一讲当年的收入情况,我自以为资本家一定会黑心地榨取她们的剩余价值。阿婆听完我的提问,不急不忙地说:"咳,多了嘛不记得了,反正最少不会低于两块大洋。""两块大洋能干什么?"我继续启发阿婆。阿婆认真地想了想,娓娓道来:"我记得有一个月吧,买了两袋洋面,扯了一身旗袍,给那个死鬼买了一包水烟……"阿婆还没有说完,我已经看到指导员那疑惑不解的眼神,赶紧请阿婆离开讲台到一边喝水休息。我心里那个悔呀,我怎么就没有抽时间先听她讲一遍呢!赶紧忙不迭地把老军工请上台,暗暗祈祷:"求您了大爷,千万给我一个面子吧!"

老军工经常出席一些表彰会,上台后倒也看不出是否怯场。我把茶杯往他手边挪了一下,请他把那些辛酸的岁月给我们年轻人好好讲一讲。他端起茶杯抿了一小口水，看了看大家，眼圈儿渐渐地红了，接着头低了下去，肩膀随之抖动了起来。傻子都知道，老人一定是想起了辛酸的岁月。我也随之兴奋起来，刚才阿婆"银元的耻辱"一扫而空。我站到椅子上振臂高呼："千万不要忘记阶级斗争！牢记阶级苦！不忘血泪仇！"听众也跟随我高呼上述口号，场上出现了我心目中的主持效果。我侧眼向指导员望去，只见他嘴角略带笑意，好像是在说"这小子认真起来还是可以的"。

喊完口号，老军工的情绪也缓和了许多，他逐渐进入了状态。"唉！那些年苦啊！……人吃人啊！""好！我要的就是这种效果。"大爷，您不用着急，慢慢说，说具体一点儿，那是哪一年？"老军工再次低头，再次肩头抖动，我再次高呼"牢记阶级苦！不忘血泪仇"！喊完口号，我把事先准备好的毛巾递到老军工的手里。老军工擦干眼泪，抬头看了看天，似乎想起了什么似的又摇了摇头，再面向大家时已经是一副十分肯定的表情："我想起来了，错嘛也错不了多少，不是 1960 年就是 1961 年。那一年……"天哪！回头看，只见指导员愤愤地站起来，甩手离开了会场……

刺杀猪肉

当过兵的人大都知道，刺杀训练是基层连队永恒的训练科目，不论是战争年代还是和平年代。因为近战、夜战是我军多年积累的经验，这些战术是我军当年克敌制胜、屡建奇功的法宝。离开部队至今30多年了，此科目今天是否还在训练不敢妄加评论，但是我当兵的那几年虽然不敢说天天练，一周练三四次绝对是没跑儿的。连长和指导员都是经历过当年大比武的老兵，而且都在军区或大军区的比赛中获得过较高的奖项，谈起刺杀训练，他们比喝了烈酒还兴奋。在他们眼里，一个刺杀训练不过关的战士可以说连猪狗都不如。

可想而知，有这样的连长和指导员，我们连的刺杀水平和刺杀训练要求能低吗？我从小儿就是一个大小事不服输的人，怎能沦为猪狗不如。于是，根本不用别人督促，只要有时间就一门心思苦练刺杀技能，先是与同年兵交手，继而与老兵过招儿，自以为身手不凡后，便有意地向连里的刺杀高手挑战。正如看客所料，我为此没少被真正的高手收拾得有皮没毛儿，但我从未气馁，而是曾国藩进表——屡败屡战。功夫不负有心人。半年后，我在全连的刺杀比赛中已经进入前三名，其后还参加过全团、全师和军里的刺杀比赛，并先后多次获得名次。

说了半天刺杀训练，吹了一气牛皮，目的并不是想就此为自己证明什么。要说的是你别看我们连长和指导员他们和我一样热衷刺杀项目，但他们的对手不过是带着护具的战友，使用的是刺杀比赛的木枪，而且枪头上还套着一个厚厚的胶皮头，可他们从来没有用过真正的步枪刺刀刺击过什么敌人，因为他们当兵时全国已经解放了十多年。同时他们也不可能用真正的步枪刺刀刺击过什么与敌人肉体近似的动物，因为他们没有与我一样的想象力和机会，或者说即便有机会和想象力，他们也没有与我一般的胆量。

刺杀训练的时候，经常要讲的要领是瞄得要准，出枪要狠，要有爆发力，收枪时要快，刺刀角度要成 90 度。大意是因为刺中敌人时刺刀是直的，因为敌人的肉体和血会夹住刺刀，所以拔出刺刀时一定要旋转一下刺刀，否则敌人会随之被带回来。也不知此说法是真的还是假的，反正我没见过，但连长经常这样说。在当年的训练中，我的动作是十分标准的，也经常在队列前面做示范动作，但每逢做收枪动作时我经常会走神儿——敌人的肉体和血液真的能把刺刀夹住吗？夹住后那是一种什么感觉呢？既然教典上这么要求，自然有它一定的道理吧。事后，我都是这样说服自己的。同时也老在想，啥时间有机会能亲自体会一下这种感觉，再一想又觉得自己想法太幼稚了，和平年代哪有什么敌人能让你刺杀一下找感觉呢？也许正是这个想法根本不可能实现，所以它才深深地埋在了我的心底。

当时，几乎所有的连队粮食都短缺，规定的副食供应更是根本摆不到桌面的内容。那些年几乎每个连队都毫不例外地要开荒种地、养猪养鸡、种菜磨豆腐，要不然很难保证部队的战斗力，或者说难保证训练能力，说难听一点儿是难保生育能力。那时，杀猪是全连的一件大事，一般非建军节、春节或连队荣获大奖很难遇到一次。

我第一次遇到连队杀猪是当兵第一年的八一建军节。建军节之前军区刚刚批下来我们连一排的集体三等功（当过兵的人知道，那是一件很难得到的荣誉),可以说是双喜临门。连长和指导员兴高采烈的表现是一次杀两头猪,犒劳全连将士。这种消息不用传播很快地就被全连干部和战士知道,队列训练时的口号声响彻云天,营房四周酸枣树上的蝉鸣似乎都比往常嘹亮。

当时,连里杀猪照例都是要到周边的村里请人帮忙,师傅忙完后由炊事班长陪同吃一顿饭以示谢意,临行时带走三指宽的项肉(与猪头相连部位的肉)和一副猪下水聊做薪酬。

这一天是周日,我学雷锋去四号哨位替战斗班的同年兵站哨,时间是上午 10 点至 12 点。换岗后我直接到了炊事班伙房的后面——那里是杀猪的现场。说实话,我对杀猪这件事真的一点儿兴趣都没有,直接去那里是有我特殊的目的。到了杀猪现场,没有看到一个人,我心里不由得大喜。此时正是开饭的时间,炊事班的同志一定正在忙着给全连人打饭,炊事班长也一定正在陪杀猪的师傅共进午餐。

这时,只见四片被屠刀刮得白白光光的猪肉乖乖地悬挂在一根木梁上,十几只苍蝇贪婪地飞舞在四周,似乎在期待着什么。你们知道我想干什么吗?我认为能想到的只是微乎其微——我想试一试步枪刺刀刺进动物身体的感觉是怎么样的,收枪的时候刺刀要不要改变什么角度。当我确认周边环境肯定安全后,毫不犹豫地端起步枪,上好刺刀,用标准的刺杀动作刺向了左边的第一片猪肉。结果是十二万分的不理想,爆发力不足,猪肉没有"站稳",刺刀根本没进去,一点儿不像刺杀,倒像是"推杀"——把猪肉推出去了几十厘米。看着来回摆动的猪肉,鲜血一下子涌上了我的脑门儿!丢人哪,还号称在军里拿过刺杀比赛名次的标兵,连一片挂起来的猪肉都不能刺破。丢人哪,丢人!

此处虽然不是久留之地,但是让我就这样灰溜溜地离开,您还不如直接杀了我算了。再次四处打探一番,发现一切正常。事后回想起来,那个过程满打满算绝不会超过一分钟,甚至连半分钟都不到,这回您也跟着体会一把"做贼心虚"的心理吧。

"既来之则安之"、"不入虎穴焉得虎子"的想法再度占领高地。我绝对应该算是聪明人之类的"尖兵",竟然在如此险境之下迅速地调整好了心态,而且准确地找出了刚才动作不正确的关键之处。这可真的不是吹牛,下一步的情形给予了充分的证明:出枪抖腕增加爆发力且怒目圆睁,因对方是"敌人",刺进去了;继续,又进去了;再刺,又进去了……什么叫"在战争中学习战争"?什么叫"在游泳中学习游泳"?什么是"带着敌情练兵"?我越刺越准,越刺越深。突然,一枪刺中了一块骨头,震得我虎口发麻,这才让我的思路回到现实。妈呀! 您再看这扇猪肉吧……

难得的一次近距离"肉搏"不但让我酣畅淋漓了一把,还真实地破解了一回教典的内涵。不过,眼前真实的现场也让我热汗、冷汗直流。一时间,乾坤挪移、焚尸灭迹、战地缝合、一走了之等"妙计"顿时涌上心头。但是不用细想,上述狗屁妙计全是狗熊收玉米——瞎掰!

什么叫灵机一动,什么叫高智商,下面就是实例——"分尸灭迹"! 猪肉的伤口大约有十几或二十几处——没时间细细清点,且多集中在后鞧上部。假若我一走了之,那犯罪现场则暴露无遗,不用大面积排查,罪魁祸首的大帽子必定戴在我头上无疑。我的妙计是先把后鞧部分整块切下来,以两根肋骨为一个单位,一条一条地切开,如此一来,就是神仙也不会去关注该猪是否身后还遭受过凌辱。

我顺利地分解了 3 条猪肉后,不但不怕别人看见,而且特别希望有人能看到。因为这 3 条肉已经把罪恶的痕迹处理得可以说是天衣无缝。当我已经不想继续学雷锋的时候,炊事班长不知因何原因从厨房的后门走了出来,看到我在那里"辛苦",忙不迭地劝我住手,说一会儿有人来收拾,还热情地把我拉进炊事班,请我坐在杀猪师傅的旁边共进午餐……

嘿嘿! 您觉得我的智商如何?

手表假日

20 世纪 70 年代时，物质是十分匮乏的。一对儿恋人从参加工作就开始节衣缩食，一分钱掰成两半儿花，结婚时也很难达到"三转一响六十四条腿"的要求。"三转"指的是手表、自行车、缝纫机，"一响"指的是收音机，"六十四条腿"指的是各种家具的腿儿相加要达到 64 这个数。更不要说什么名牌、品牌，当时，谁要是骑一辆"永久"13 型锰钢自行车，一定会有人在他的背后议论此人有背景或者有门路。

当时部队的物质生活水平与地方基本差不多，地方没有的东西，在部队也同样是紧俏商品，如手表、自行车、缝纫机等。可是部队干部和地方干部在对待手表这个商品上，不知是何原因却有很大的区别。地方上的一般干部能戴上国产的"上海"表或者是"天津"表，再差一些的有一块南京的"紫金山"、广州产的"珠江"表也就了却了一桩心愿。

可部队的这些干部从提干的那一天起，就一门儿心思地想买一块进口表，而且绝大多数瞄准的都是什么"菊花"、"梅花"、"英纳格"之类的。您可以想象，那时国产货都要凭票、"抓阄儿"，更何况进口表的需求是多么远离实际。也许正因为如此，这些家在农村、父母还头顶高粱花子的部队干部，才更希望自己的手腕子上能戴上一块亮晶晶的进口表。到今天为止，我也不明白他们戴一块进口表到底想炫耀什么。因为那时他们的爱人、孩子和老人还都在农村，一个排级干部月工资不过才 50 多元钱，连级干部也不过六七十元钱，而且每年还要安排一次探亲假，用他们的话说"有俩钱儿都给铁路局上税了",所以能供他们自由开支的钱应该是寥寥无几的。

我们当兵时,战士是不允许戴表的,不管你的家庭条件有多么富裕。我虽然是个城市兵,老爷子好歹也是一个老干部,但是我对自己要求还是很严格、很低调的。自从知道战士不能戴手表的规定后,马上就自觉地把手表收进了旅行包,而且从来没有与任何一个战友讲过自己的家庭情况。

我希望在部队的大熔炉里,自己能像一个普通的农村战士一样摸爬滚打,健康成长。事实上,我确实也在认真地磨炼着自己,每天起床的时间比农村战士还早,扫院子、打扫厕所、闲时到炊事班帮厨、轮到进城时主动把名额让给别人(部队周日安排战士进城是有一定数额的,目的是保证有一定的战斗力,以便应付随时入侵之敌。当然,现在说起这些都觉得挺好笑的),时时处处保证对自己高标准、严要求,争取早入团、早入党,但没有早提干的想法。说实话,在和平年代,我真的不想当一名职业军人,因为我认为和平年代即便当一名将军也挺无聊的,他很有可能没有用枪打死过一只麻雀。

大概是下连队三四个月的一天,指导员把我叫到他的宿舍,很热情地请我坐下,还帮我倒了一杯水。我天生不会、更不擅长和领导打交道,指导员的热情举动让我顿时手足无措、坐立不安。我隐约感觉到指导员肯定是有什么事情要我帮忙,否则他犯不上对一个大头兵随意播撒热情。果不其然,他很简短地问过我的一些家庭情况后,直接说让我父亲帮忙给他买一块表,牌子是"英纳格"的。鬼知道他是怎么摸清我们家老爷子的情况的。

直至今天我还能清楚地记得,我当时既没有答应他,也没有拒绝他。没答应他,是因为我暗自思忖老爷子是否能办成此事;没拒绝是琢磨拒绝了他,他事后是否会给我小鞋儿穿。只是很含糊地答应有机会帮他问一下。万万没想到的是他当时就准假给我,让我第二天就进城,还慷慨地准许我在家里住3天。为此郁闷纠结的同时,我也进一步感受到了"连长、连长,半个皇上"的牛逼含义。

我脑袋当时就炸了——这不是活活地要我的命吗? 我是我爸爸亲生的亲儿子,别人不了解我亲爹,我自认为对他还是有80%的把握的,别看我年龄刚刚十几岁。老爷子虽说是一个老干部,但我可以肯定地说他是一个清廉的干部,清廉到没有收受过任何人的一盒香烟的地步。更早的不说,"文革"期间他是第一个在部机关"讲清楚"的干部,第一批到干校去锻炼,而且第一批从干校毕业,又是第一批发配到外地的干部——当时老爷子所在的单位还把持在"四人帮"的爪牙之下,他们是不允许对立面的干部回到原岗位的。事实上当时所谓"表现不好"的干部,最后都直接回到了原单位、原岗位。老爷子从干校提前毕业并没有给他带来什么更好的结果,不但没有回到原单位、原岗位,而是把他赶到了西北的某市,负责西北五省的相关的工作。

在部机关,他的不媚上、不压下是人尽皆知的。我从来没听过、更没见过他逢年过节去与上级领导联络感情,同时也很少见他的属下到家里拜望他老人家。偶尔有个别人到家里来,那一定是司机送他去机场或是秘书到家里送什么要紧的文件。总之,从我记事就从来没有见过专程登门拜访他的下属,也难怪他的下属给他起了一个外号叫"老阴天"。成年后知道了他的廉洁从政一方面是由于当年的社会风气正对他有影响,另外一个方面是他的性格使然,人缘比较差,缺乏与人交流沟通的本事。

当天晚上,我躺在大通铺上辗转反侧,百般思索、千般无奈,天都快亮了才迷迷糊糊地睡了一会儿——这个指导员把我坑死了。还没吃完早饭,指导员就三番五次地催我进城。我们连距离父亲工作的城市不到10公里,我磨磨蹭蹭地到了老爷子单位时还没到吃午饭的时间,问过公务员知道他在省政府开会,只得先去食堂吃饭,然后到招待所静等他老人家散会。快下班时,他到招待所见到了我,只见他一脸不理解的表情。因为下连队之前他曾对我明确"指示"——没有什么要紧的事情不许请假进城!其实,我也不是多么想见到他,在单位他是"老阴天",在家里也难得见到他的笑脸。加之他工作的城市就他一个人,全家的大本营还在北京,我见到他无非是在机关的小灶吃一顿稍微像样的蹭饭,很难感受到更多的家庭温暖。

"有什么事儿快点儿说,我晚上还要开会呢!"您看,这就是我亲爹。我嗫嚅地把指导员交办的事情原原本本地学说了一遍。他本来就阴着的脸似乎更加不悦。他抬起头看了看天花板,又低头好像很认真地看了看我的脸。不知道是不是他看到我小小年纪就在部队吃苦动了恻隐之心,还是想到身边就我这么一个亲人不应该对我过于严厉,反正能看出他的脸色稍稍缓和了一些。

正在他若有所思的时候,陪他一起到招待所的刘秘书说:"最近上面刚好分了一批手表票,挪一张半张的不是什么大事。别为难孩子了,今后他还要在人家手下当兵。"老爷子支吾了一下:"这不合适吧……""这事情您就不用操心了,明天一早儿让孩子直接找我就是了。孩子肯定还没有吃晚饭,我已经通知伙房给你们准备晚饭了,您一会儿不是还……"我赶紧谢过刘秘书,生怕老爷子万一再"原则"一下,活生生地坏了我的好事。"你给我记住,再不许揽这些扯淡的闲事儿!"说完,他扭头朝伙房径直走去。我心说:"我还敢再揽这扯淡事,这一回还不把我教育到姥姥家去了?"

　　让我着急上火了一晚上的大事，就这么轻而易举地解决了，随之我的思维也跟着又活泛了起来：假期刚刚过去 1/3，我提前归队是不是缺点儿什么？再者说，我凭什么轻易地送一张手表票给那个不沾亲、不带故的什么指导员？

　　主意拿定后，扎扎实实地睡了一个大头觉——百事不想。第二天上午先去团部找战友叙旧。部队有个不成文的规定，有老乡或战友探访最少可以请半天假，以示尊重战友情谊。然后利用团部通信便利的条件，又约了几个有条件回城的战友第二天聚会。这是我们新兵连能侃到一起的战友们的第一次聚会。闲聊时他们问及我如何有此等好机会，我都给打岔躲开了。我觉得说出真实情况挺丢人的。

　　回部队看到营房了，我的小脑瓜又是灵机一动：绝对不能让指导员觉得此事是如此轻而易举就解决的，那样指不定还会招来什么乱七八糟的烦心事。到指导员那儿销假时，我的汇报内容如下：老爷子没有一口回绝，但是最近没有手表分配指标，有机会一定尽力而为。至于手表票就在我手中的内情被咱隐瞒得结结实实，其目的不用我细说想必看官也早已明白。指导员听完汇报一个劲儿地说辛苦了，并大声喊通信员通知炊事班给我做"小炒"。

　　指导员为了尽快带上日思夜想的进口表，此后又积极主动地先后两次安排我进城，而且一次是 3 天假，一次是 4 天假。自然，这两次进城我没有再去见"老阴天"的亲爹，而是找战友侃大山去了。指导员遂愿后，我和他也确实度过了一段"蜜月期"。至于后来我们又如何闹得水火不相容，那就是另外一篇小文的内容了。

制暑坐哨

当过兵的看官都知道，在哨位上是不允许以坐姿出现的，更不能是睡姿，不论是固定哨位，还是流动哨位。尤其是固定哨位，还要求军容仪表要严肃威武，要体现军人的风貌。但是对流动哨位的要求就相对宽松一些，你可以在你的警卫范围内四处溜达溜达，刮风的天气你尽可以躲到背风的位置，朗朗夏日不妨选择背阴的地方，也没人会说你偷懒。

客观地说，在怡人的春秋季节不管是固定哨还是巡逻哨，站上两个小时是没有什么问题的，比较难熬的是盛夏的站哨，特别是午睡的那两个小时，营房门口的固定哨尤其烦人。第一，不许你四处溜达，要死死地待在那个不足一平方米的小哨楼里，木质的小哨楼顶着似火骄阳，活脱脱一个蒸笼；第二，这个哨位不但在连队干部的眼皮子底下，同时还要接受来往老百姓的"检阅"，军容军姿是一定要讲究的。所以，一旦被排到这个哨位，再有觉悟的战士也会在心里皱一下眉头。

相对这个固定哨位，流动哨位就自在多了。我在前面的文章里讲过，我们连的警卫目标是一家油库。在油库站哨有一个多数人不知道的特点，那就是冬天更冷，夏天更热，特别是在盛夏的表现尤为突出。假如您细心地观察一下，能隐约看到油罐的顶上升腾着不冒火的"火苗"。我曾经做过一次测试，油罐向阳一面的温度可高达60多度，向阴一面的温度也要在40度以上。各位看官看到这里，是否对我们这些光荣的人民解放军有些肃然起敬呢？

　　我们连部的兵虽然不会像战斗班的战士一样，要进行周而复始的站哨大排班，但也有替哨的要求，加之我又是一个积极要求上进的战士，自然要更多地到最艰苦的地方锻炼自己。不过，我从来就是一个讲究苦干加巧干，苦练加巧练的"实在人"。下面所说的就是一个实际案例。前面说了油罐区的温度很高，站午休那班哨很辛苦，于是我就开动了"机器"想办法。部队规定不许坐哨，那你不会不让他知道坐哨呀？你明明看到人家来换哨，还缺心眼儿地坐在那儿，这不是找抽啊。但是，这就出现了一个问题，时间问题，也就是说你怎么知道换哨的战士什么时间出现（前面说过了战士不允许戴手表），而且让他们看不到你在坐哨。

　　知识就是生产力。我过滤了几遍大脑的知识储备后，想起了在天文台看到过的日晷。这样，下面的事情就简单了。在地上画一个圆圈，在圆圈里相应地画上一些刻度，然后在中心点竖立一根相对直溜儿的树枝，如此，一个"战地日晷"就完成了。经过我的逐步实践和完善，日晷的精度逐步提高，最后已达到误差在 10 分钟之内。后来当我坐哨的时候，只需画一个局部的日晷就足够使用，因为每班哨只有两个小时。每次下哨前，只需踢倒那根树枝，就破坏了整个犯罪现场……

变形青羊

说这段趣事之前，要先交代一个小前提：我下连队之后不久，因新兵连射击训练成绩排名第二，曾被借到军区后勤部三周时间，帮忙校对一批新枪。各位看官可能有所不知，从军工厂配发到部队的新枪出厂前，只是进行过一次初校，也就是说这批枪的基本性能是没有什么问题的，但是与实际应用还有一定的差距。这就要求每一支枪在发到战士手里之前，还要进行一次精度的校正，才能符合实战的需要。先交代这个前提，是为了说明此前射击第二名的我经过这一次的强化训练，射击水平自然又有了突飞猛进的进步，可以说是飞机上挂暖壶——高水瓶（平）了。

当时的部队供给是很差劲儿的，尤其是副食供应更是奇缺。为了解决这个矛盾，每个连队都积极地想方设法寻求突破口。1973 年，我们连队在贺兰山搞军事施工。部队的驻地在贺兰山大山深处，距离部队驻地不远的地方就是原始森林。听周围的老百姓讲，部队施工之前，森林里不但有野鸡、野兔、青羊、野猪，森林深处还有豹子等野兽。当时，人们保护野生动物的意识是很淡薄的，或者说基本没有。听说比我们连先进山施工的部队和民兵连，为了解决副食供应问题，都有打猎的先例。我们连队的干部也动了心思，决定依法炮制。我的枪法是众人皆知的"秘密"，自然这个任务当之无愧地落在我的头上。

枪法的问题解决了，第二个问题是向导的人选。我们连是最后进山的，人地两生情况不明。连长给我布置任务时很干脆："谁当向导、到哪里去打猎是你的事情，反正连队等着你改善伙食呢！"活人总不能让尿憋死，鼻子底下还有张嘴呢。第一次打猎前，我遍访友邻部队的打猎高手，不耻下问甘当小学生。功夫不负有心人。没用几天，周边连队的高手我已熟稔于心，并了解到了请向导的报酬问题——每带路一次除了管当天的干粮和晚饭，外加10颗步枪子弹。连长听完我的汇报丝毫没有犹豫，但后面的话也让哥们儿结结实实地背了个大包袱："全照你说的办，但每次最少背回来一只青羊！"妈呀！那青羊拴在那里，回回等着我往回牵啊？！

我再次去找那些打猎高手时，把连长的话学说了一遍。谁知遭到不止一个高手的奚落："一只都打不到，还不找块豆腐撞死算了！"说归说，做归做，我可丢不起溜达一天空手返回营房的脸。为了确保首战告捷，我私下又分别对几位高手进行了暗访，最后确定了向导人选——民兵一连一个曾经也当过兵的贵州人赵山。他个子不高，话也不多，走路奇快，而且声音很小。当我把自己的担心跟他说时，他笑了，悄悄地告诉了我一个秘密。前天他打死了3只青羊，因为没法背回来，还在山洞里藏着一只。说完，他补了一句话："大不了那只算你的，这回你可以把心放到肚子里了吧！"

次日，我和赵山凌晨4点就出发了。我们一定要赶在青羊早晨到泉水边喝水之前，在有利位置潜伏下来。等我们赶到泉水边时，天才蒙蒙亮。一路披星戴月，浑身上下都被露水打湿了，潜伏在泉水边的树丛里，冻得浑身直打哆嗦，尽管时令还是九月。

在等青羊喝水时，赵山又把一路上反复交代我的话重复了一遍：不管第一枪是否打中，无论如何不许露头或发出声音暴露自己。这是猎杀青羊时要遵循的"最高指示"，因为青羊在遭到袭击时，当它们没有确认危险来自何方时，是不会盲目地选择逃跑方向的。而猎手只要不暴露自己，就还有机会进行第二次或第三次的射击。

青羊的队伍出现了，正如赵山曾经描述的一样，它们排着队，十几只依次走到泉边，根本没有发现危险就在它们的对面。赵山用他的眼神再一次叮嘱我，我点头表示明白。我们两个人同时瞄准，又几乎同时击发，两只青羊应声倒在泉边。这时，其他的青羊抬起头惊恐地四处张望。我们再次瞄准，几乎再次同时击发，两只青羊又接着应声倒在泉边……就在赵山还在准备扩大战果时，嘴上没毛的我兴奋地大叫了一声："4只了！"结果可想而知。"你他妈……"赵山勃然大怒，我要不是躲得快，非得挨他一个大嘴巴。我一屁股坐在地上，懊恼死了。说实话，我要不是犯此大错，每人再打死两只应该是没有什么大问题的。

不管怎么说，首战告捷还是挺令人兴奋的。能给连队交差了，更为主要的是在这次实战中学到了很多真本事。从此，我和赵山成了好哥们儿，而且至今还保持着联系。那天，他背回去了两只青羊，我耍了个小聪明，背回去了一只。第二天我和赵山又进了一回山，两个人找到一块很舒适的地方，靠着大树开怀地聊了大半天，随后各自把藏起来的青羊背了回去。自此，我在连队又多了个差事，在人前也多了几分尊重。只要连长一发话，我就稳拿稳地到山里背一只青羊。

捉蛇的遭蛇咬，玩鸟的被鸟啄。在此后的一次猎杀青羊的时候，我惹了一档子不大不小的事儿。那时，我已经"出徒"了，每次进山很少与赵山结伴同行，只是偶尔想他了，就找个借口约他一起聊一聊。但是一个人进山挺寂寞的，每次都选一个能聊到一起的战友同行，他的任务是负责把羊背回连队。这一回陪我进山的是一个同年兵。我们先在一个泉水边打了两只青羊，看着时间还早，我就建议一起爬到山顶看看山那边的景色。

当我们爬到山顶后，眼前的景色把我们惊呆了：呈 40 度的缓坡直达山下,比膝盖还高的绿草像一块巨大的毯子,把整个山的北坡苫盖得严严实实的,而我们刚刚经过的南坡却是山路崎岖,林、灌、草混交在一起,密不透风,阳光都很难穿透。

就在我为这大好景色陶醉的时候,我的战友轻轻捅了我一下,并指向距离我们五六百米的地方。我仔细看去,发现了一个目标。它比青羊个头儿要大,比黄牛的个头儿要小,其颜色既不像青羊,也不像黄牛。这么说吧,我没见过这样的动物。我蹲下身子,又认真地端详了半天,还是没有得出结论。

我的战友第一次随我"出征",自然更想扩大战果,以便回去炫耀。其实,我何尝不想进一步扩大自己的影响力呢?当时没有随便出手,我有两个考虑,一是距离太远,不在我的绝对把握之内,生怕一旦出手脱靶丢人;二是必须两人同时瞄准、同时击发,而且是我瞄准头部,他瞄准肩部,但万一出了意外……我在思忖,他在催促,我不得不下决心。当时,我们的一致看法是发现了一只"青羊精"(更多的依据是体积超大),然后同时瞄准,同时击发,再然后看到目标应声倒进草丛中。

我们一同兴奋地奔向目标物。毕竟是 500 米左右的远距离射击呀!部队射击训练的最远距离才是 200 米。目标物是因为我的子弹击中头部致命的,战友的那一枪命中在目标物的腹部。它无辜的眼神似乎在向我们诉说着什么,伤口的血汩汩地冒出……这时我们看清楚了,它比青羊大得多,足有青羊的三四倍,与黄牛相比也不相上下。刚才看不清楚,是因为距离远,近了,看清楚了。您知道是什么吗?牦牛!牧民饲养的牦牛!这时我一切都明白了,大山的北坡是内蒙阿旗牧民的游牧地。

撤!迅速撤!这是第一反应。第二反应是订立攻守同盟,打死都不说!反正打猎的连队不只我们一家……此事后来由军区工程指挥部赔了些钱便不了了之,那时"军民团结如一人"是军地两家的共识。不过,此后我不再有打猎的兴趣和荣耀。

至今,那只牦牛无辜的眼神还会偶尔在我的梦乡里责备我⋯⋯

石破惊天

爱挑毛病的看官很有可能第一眼就已看出标题的错误了，应该是"石破天惊"，而不是"石破惊天"。看官有所不知，如果没有这个"错误"，也就没有这一篇小文了。这，要先从我这个人的个性说起。我从小就喜欢破坏活动，比方说把新的闹钟拆开，把新的玩具拆散，但结果都是因为不能复原而挨了一顿又一顿的打……但是直至今日，只要有机会，我仍然不会放弃这个癖好。

与要说的内容相关的一件事儿，是我刚插队时的一件丢人事儿。那时，我刚到插队的地方不足 4 个月。1969 年 4 月，我刚刚 16 岁。插队后给我印象最深的一件事就是砍柴。我插队的地方在革命老区延安地区的一个偏远县——安塞县。现在大家认识这个县，是因为这个县的腰鼓闻名全国，其实它还是毛老人家的光辉篇章《为人民服务》里面的张思德牺牲的地方。我的住地距县城有 120 公里公路，60 公里山路。

我插队的所在地真可以说是山高皇帝远的地方，几乎与外界隔绝，上面的政策还没到这里就已被蚕食得一干二净。试举一例，当年政策规定插队的男生工分不能低于 8 分，女生不能低于 6 分。但是到了我插队的生产队，第一次实际给我定的工分，说出来诸位看官绝对不肯相信——3 分！而且绝对没的商量。工分低，真的不是我破坏行为的滋生土壤。更重要的原因是我的住地不远就是原始森林，教育我们的贫下中农取暖做饭都靠的是进山砍树。

正是看到贫下中农砍柴伐木，才勾起来我的进一步的想法。我插队的地方叫刘家窑（地道的陕北地名），村对面的南山头儿上有一棵大约三四人合抱的杜梨树，具体树龄不知。但是，自从老农告诉我每个家庭都要有自己的烧柴林，而且烧柴林范围越大越受人尊重（他们的理论是烧柴林大的家庭成员会被众人公认为勤劳），我就萌生了两个念头。一是"砍树圈林"，像英国人当年"跑马圈地"一样，在一片原始森林的某地，用斧头绕圈儿砍出一个"边界"，从此我逐年向内推进，不再受他人干扰，那时确实有锻炼一辈子的想法。二是把村对面山头儿上的杜梨树砍倒，一方面这棵大树足够我们青年两三年的烧柴之用，更重要的是我在老农砍树的过程中，看到了砍树那种摧枯拉朽的壮观场面。那种场面确实令人心醉、令人向往。随着一棵大树的倾覆，它身下数不清的小树、灌木、草丛瞬间臣服在它的四周。而它根本不在乎它们的呐喊、呻吟，只顾自己很不情愿地倒下……那种场面给我留下的印象太深刻了，我下决心要把那棵三四人合抱的大树亲自砍倒，并亲自感受一下那更为壮观的场面。

在一次轮值我在家做饭的时候，头一天晚上我就认真地磨了 3 把斧头，为了我第二天的砍树行动顺利进行。次日上午，同窑洞的插友刚离开宿舍，我就扛起 3 把斧头上山了。在我选好角度，挥斧开战不到半个小时，村里一个德高望重的老人气喘吁吁地爬上山，一边爬，一边喊："后生，后生（后生在陕北是对晚辈的称呼）……"听到老人声嘶力竭的喊声，我赶紧迎上前去。老人顺过气后告诉我这棵树是万万不能砍的。百十年来，对外来寻家访友的人提起"刘家窑"，只要说到路南的这棵大杜梨树，没有找不到家的。"后生呀，你砍了它不是要遭罪吗？"

我虽然没有看到这棵大杜梨树倒下震撼人心的场面，但是，我的心当时被老人的说法震撼了。那时，只要一提到"家"字，我们跟谁都会自然三分亲。40 多年过去了，我想，那棵老杜梨树一定还健在，它的身上肯定还能依稀看到我这个调皮孩子给它留下的伤痕。

这一次的遗憾，并没有遏制我心中那种渴望破坏的癖好。部队在贺兰山施工的时候，一个偶然的机会成全了我。当时，我们为一线的施工队伍提供沙石、木料。提供木料的战士们在一个简陋的木质工棚里，把木材加工成图纸要求的模板。提供的沙石则一部分由山下运输，一部分由我们就地取材。在我们采集沙石的途中，几乎每次在同一个地方我都会看到一块摇摇欲坠的巨石。我至今依然相信，其实，那块所谓摇摇欲坠石头只会出现在我的视野里。一周或是两周后，它不但每天在我路过时会提醒我，而且时不时地会入梦提醒我！

一个周六的晚上，不知什么原因，我不想吃饭，也不想与他人说话，更不想躺在周末可以随意躺的大通铺上。满脑子只有那块巨石。在山里施工的周日，战士们不能有进城的奢求，唯一的娱乐就是聊天儿、打扑克、打乒乓球。山里根本不要想有什么篮球场，因为不可能有几十平方米的平地供你享受。

这一天，吃过早饭，我假装漫不经心地从工具棚里拿了两根比较新的撬棍，四下观察了一下是否有人注意我，随后迅速地消失在大山里……40 多分钟后，我已走到梦里提醒我的巨石旁。靠！它根本不是我印象中的那块摇摇欲坠的巨石，它傲然耸立在它的领地，基础可谓坚不可摧。我原来得出的印象只不过是因为仰视的原因所误导的。

迎难而退绝对不是我的性格，而且它也在梦里召唤我不是一两天了。我四下观察了一会儿，发现它也并不是坚不可摧的——虽然四处都有支撑，但向坡下的支撑基础并不是特别牢固。于是，我先清理巨石临坡方向的障碍，待清除得自以为可以开展下一步的行为后，就义无反顾地开始了真正的"颠覆工程"：第一根撬棍的功能达到极限后，就是第二根撬棍上场的时候，随着撬棍力度的不断增加，巨石向下的角度也在不断变化，再加之随时塞进不断加厚的石块（这都是我事先准备得十分充足的）……眼看着我心爱的巨石逐步进入真正"摇摇欲坠"的阶段，我的心不由得又回到了插队所在地的大杜梨树下。

选择了一个可以全景地看到它最壮观、最能震撼我的角度，然后我轻轻地，轻轻地，轻轻地向下按动了一下撬棍，只见与我梦里相约数次的、我称之为"心爱"的巨石一个翻身向坡下滚去。啊，太壮观了！它一分为五六或一分为七八，我根本分不清楚。它义无反顾地带着自身的威武，挟裹着它兄弟们的亲情，顺坡向下，毫不怯懦，所向披靡……

当我"心爱"的巨石正在一展雄风，我也正在感受无比震撼的时候，突然发现它已经甩开了所有曾经与它相依为命的兄弟姊妹，孤身一人以其超过两吨体重的身体，向公路边的一根军用通信线路杆径直撞去。啊！一切都完了！被巨石撞断的电线杆因有通信线路的牵扯，飞速地顺时针旋转了数十圈，又逆时针转了若干圈，然后又来回地做了一些徒劳的挣扎后，终于无奈地恢复了平静。

"然后呢？"不止一个人向我问及结果。那您说呢？假如您要是没有当兵的经历，或者干脆这么说，您要是没有我这么"丰富"的经历，这个结果您肯定无从想象。告诉您，结果是这样的。兰州军区保卫部紧急通报：这是一起阶级敌人蓄谋已久的破坏活动，严重影响了西北地区的一项重大军事施工项目的进度和战备通信畅通。据分析，犯罪嫌疑人最少在三人以上。望有关单位积极协助，迅速破获此案。说到这里，您不会再批评我的标题有问题了吧？那您说实话，这是不是"石破惊天"。也就是放在今天这改革开放的年代，这事儿我还敢跟您瞎聊；要搁当年，打死我敢跟您泄露一个字儿吗？

肥皂月饼

当过兵的看官都知道，每一个连队都有一个连部，直接为连队的首长服务。连部的成员包括文书，大概责任是写写画画，每周向上级机关报告连队的执勤或训练情况，刻印训练计划和执勤排班表，管理军械弹药等训练器材等；卫生员，处理一般的头疼脑热、磕磕碰碰，有时也到团卫生队领一些计划生育用品，供来队的干部家属响应计划生育的号召，其"武器"是一个红十字药箱；通信员，每周到团里取下一周的口令，向排长或班长传达连队首长的口头指示，当然，还要干一些随时发生而且责任不明确的琐碎事宜；理发员，理发是主业，兼职缝补衣帽、协助其他几大员完成工作等；最后一位是司号员，那时，团以上的单位已经采用播放唱片的技术，但是在连队根本不现实，因为您不可能在室外训练时抱着一台手摇三用机。

在此岗位奉职的就是我。我的职责是负责用军号声提醒连队在每一个制式时间段内完成规定的动作，如起床、出操、训练、吃饭、午休、熄灯……工作内容单调是不用多说的，而拴人是最令人烦躁的。如果连队在营房附近训练，我要在训练一个小时的时候，用号声提醒训练的队伍休息，20分钟后我又要用号声告诉大家继续操练。您说，这是人干的营生吗？于是，在连队我要比任何一个人对时间更敏感，而且不许戴手表，前面已经说过战士禁止戴手表，而配备的一个旧闹钟还时不时地闹"情绪"，不是快就是慢，我还要经常地用电话核对时间。

好在此篇小文的重点不是专述此事，要不然我都有可能把电脑给砸了。上面给各位看官介绍了我们连部的"家庭结构",下面粗略说一下"家庭成员"的概况:通信员,上海人;卫生员,南京人;文书,宁夏山区的农村战士,我们全连的最高学历拥有者——高中生;理发员,江苏籍农村战士;还有我,祖籍河北,长于北京。我们都是同年兵,区别是下连队的时间有先有后。

虽然我们都是同年兵,但年龄差距还是很大的。卫生员入伍时不足15岁,文书已经23周岁,是我们的老大哥。年龄有区别,家庭情况也有一定的差异。当兵的第一年,我们城市的3个兵会隔三差五地收到家里寄来的包裹,无非是一些小零食而已,更多的体现是家人的思念。农村兵的家庭条件是不允许的,自然没有什么包裹可以期盼。尽管如此,我们有包裹的不管寄来的是什么,一概采取"共产主义"——一律充公,平均分配。

那时,虽说物质匮乏,但大家从来不会去计较如何分配包裹里的东西,包括最擅长计较的上海籍的通信员。每次的分配,每次大家的共享,让我们这些来自城乡、家庭背景迥异的年轻人感到了难得的家庭温暖。

俗话说,10个手指都不会一般齐。在分享家里包裹的食物时,上海籍的通信员与其他人的做法颇有不同。因为东西不多,一般情况下,不一会儿就风扫残云了,可通信员总会把分给他的那一份儿留下一点儿,事后再独自享受一下。我这么说并不是我小心眼儿,背后瞎嘀咕别人,您也会说已经分给人家了,人家什么时候吃与旁人毫无干系。可您忘了,那时候大家不还都是小孩儿吗,动点儿小心思,您也犯不上跟我起急红脸。

当兵第一年中秋节的晚饭前,营房大门口的哨兵给我送来一个纸盒子,说来人放下东西就乘车走了。纸盒上除了我的名字再没有多余的一个字。从笔迹上看,是我那个"老阴天"亲爹的,心里暖暖的,鼻子有点儿酸。这些事情在家里从来是与他绝缘的。

打开盒子一看,除了10块广式月饼,翻到底也没有找到半页纸片——家书抵万金呀！尽管如此，我还是挺感谢老爷子的。晚饭后按照老规矩，每人两块月饼。几个人一边吃月饼，一边聊着各自家乡中秋节的过法。这时，我用眼睛的余光发现通信员像老鼠一样用牙嗑着月饼，随手把另一块月饼悄悄地塞到了床下他的饭碗里。

连队里实行的是制式管理，条条框框十分烦琐，什么东西放在哪里都有严格的规定。就拿洗漱工具和饭碗来说，一定要放在床下的一块长长的木板上，而且每个人的用具还要对准自己床单的中心线。通信员的床位在大通铺左边的顶头。

这个哥们儿比较喜欢钻营，是我们3个城市兵里第一个"混进"党内的。本来熄灯后，连部的战士也应该遵守作息时间。可他偏偏能找出这样那样的琐碎事情，这儿捣鼓捣鼓，那儿搬弄搬弄，而且总是出现在连队首长眼前，倒显得我们其他人眼里没活，十分偷懒。对他的这种举动，我们是共同看不惯的，可又没什么好办法对付他。

吃完月饼不久，他又重操旧业。像往常一样，我们几个躺在床上在他背后犯"自由主义"——部队把背后议论人的行为称之为"自由主义"。这时，我突然想起来他还收起了一块月饼，继而想出了一个馊主意：把他珍藏的月饼给大家分享了，然后用肥皂制作了一块假月饼放在他的碗里。

过了好一会儿，他"假积极"结束了。我们几个都假装睡着了，静静地等着他像老鼠一样一点儿、一点儿地去嗑那块"特制"的广式月饼。他上床大约10分钟后，听到他去摸饭碗的声音。我们几个人屏住呼吸，在静静的夜里似乎能听到他嗑月饼的细小声音。可能是因为他嗑食的进度太慢，一时吃不出来异味儿。"小赤佬(上海骂人的话)！小赤佬！……"通信员突然坐起来一边骂，一边吐。我们几个早已笑得在大通铺上滚来滚去……

智能草人

我们这些在连部当兵的年轻人，不但要参与连队的训练和执勤任务，而且要参加一些正常的农事劳动。能得到的照顾是安排的工作可能会轻松一些，如给稻田放水、秋收前轰赶麻雀等，类似稻田拔草、麦田收割的农活一般都下派到战斗班。

当兵第二年的秋收时，我们连当年的小麦长势十分喜人。为了确保收成，连里每天都要安排两个人专门到麦田四周轰赶麻雀。麦田距离营房大约 5 公里，往返一趟最少要两个小时。为了节约路途时间，到麦田值班的战士要自带午饭和饮用水。

我和南京籍的卫生员在麦田值守一天后，发现那是一个很轻松的营生。第一，天高皇帝远无人约束；第二，干与不干无从考量，谁能知道有多少麻雀，是否吃了麦粒；第三，麦田四周的田埂上矗立着一排排杨树或柳树，躲在树荫下看看景色、轰轰麻雀，真是十二万分的惬意。我们两人反复商量后，向主管农副业生产的副连长主动请缨：一直坚守到麦收，并保证高质量地完成任务。

副连长几乎没有思索就答应了我们的请求，我们两人对视窃喜。这个努力的结果是，在大约半个月的时间内，我们两人每天有近 12 个小时的时间不在连队领导的管控之内。这样的机会可不是谁都可以得到的。

从第二天开始，我们两个人大约早上 7 点出发，下午 6 点回到营房。每天早上出发前到炊事班准备午饭时，因为连部的战士平日里和炊事班的同志接触比较多,准备午饭时他们也不会过多干预,这样一来,我们在外的午餐无形中倒比连队的午餐丰富了一些。这个季节各色菜蔬也成熟了,如西红柿、茄子、青辣椒等。我们的午餐有前一天晚饭剩下的炒菜、米饭或馒头,加上我们用糖精制作的糖拌西红柿、用醋和盐调制的美味青椒丝和凉拌茄泥,真的是十分丰盛。更为重要的是我和卫生员无话不谈、情同手足,平日里就恨天黑、盼天亮,有说不完的话题,这一回您说不是天赐良机又是什么?

当然,我们首先想到的是怎样更好地完成任务。第二天我们到了麦田后,先是把麦田认真地观察了一番。我们要值守的麦地大约 20 多亩,宽大的田埂把它们分成 3 块,田埂上是杨树或柳树,如果要认真地轰着麻雀走一圈儿,一个小时都不够。

你别看南京籍卫生员的年龄在连部最小,但他很聪明,当兵第三年就开始发表文艺作品,复员后到了一家晚报社当文艺编辑,然后又二次入伍,在南京军区的前线歌舞团当专职编剧。其作品多次在全国和全军的调演中获大奖,曾经在央视热播过的电视剧《历史的天空》、《上海 上海》的编剧就是他,名字叫邓海南。

我们实地考察和认真分析后的结果是,如果确保打赢"雀口夺粮"的战役,我们两人即便疲于奔命,也很难胜券在握,更不用想痛快地聊大天。讨论的结果是只能智取,不能强攻。智取的战术如下:在每一块麦田的四个角落各制作一个稻草人,而且所有的稻草人都相互用麻绳连接,在麦田的中间设置一个中枢机关,中枢机关只要一动,所有的稻草人共同动作,此为一;第二,每一块麦田对角的稻草人,不但手中有破扇子之类的"武器",还要配发一个响器,或破脸盆,或烂铁皮,只要中枢机关动,所有的稻草人就会摇破扇子、敲破脸盆;第三,为了保证整体战役的必胜，我们两人还从微薄的津贴费中挤出了几块钱，买了一些鞭炮，像"地雷战"对付鬼子一样偶尔在水桶里燃放几个。

您还别说，上述套路对付成群结队的麻雀阵还真是立竿见影。我们或在树荫下悠闲地下着跳棋、象棋，或海阔天空地神游八极，只要时不时地操作一下我们的"智能系统"，"敌方"自会溃不成军、望风而逃。要不是最高指示"军民团结如一人，试看天下谁能敌"的威力，我们的如意算盘肯定会十分顺溜儿地坚持到麦收的。

应该是离麦收不到一个星期的一天。这天中午一点左右（我的日晷时间），我和海南正在共进午餐，田埂上摆着我们的"四菜一汤、一壶酒"，主菜是昨晚连队剩下的五花肉炒圆白菜，副菜是前面说过的糖（精）拌西红柿、美味青椒丝、凉拌茄泥，"一汤"是配有一点儿酱油膏的白开水，"一壶酒"则是今天超级傻子都不敢喝的东西——海南用几滴医用酒精和凉白开勾兑的"美酒"。骄阳虽当头，你我只识荫。树荫下，一阵阵清风掠过，我们边吃边聊，这几乎成了我们的制式动作，可以说是世上难找，天上不多。

当我按例操作"智能系统"时，突然发现稻草人没有执行规定动作——敲破脸盆。再认真看，稻草人不但没有敲响破脸盆，手里的破扇子也纹丝未动。我们正纳闷间，身后忽然传来副连长的声音："你们两个坏怂，聊地很嘛？！"副连长是陕西人，一口地道的关中话。"坏怂"在陕西话里是坏家伙的意思，"聊"是很享受、受用的意思。他的声音似乎很严厉，但他的眼神里流露的是欣赏和怜爱。我们赶紧起立报告，他命令我们坐下陪他吃午饭。

闲聊中知道了事情的原委。自从我们的"智能系统"启动后，每天的麻雀阵容自觉转战其他麦田。生产队的劳力比较紧张，抽不出来劳力轰赶麻雀，就觉得我们部队在欺负老百姓，于是找到副连长反映情况。副连长今天到实地观察了大约一个小时，对我们的工作效果很是满意，顺着麻绳找到了我们。副连长从见到我们到离开没有批评我们一个字，只是离开时回头说了一句："你们怎么想到的这些歪门邪道的？"

以兵充官

1979 年 12 月 31 日,对于中国的行政干部管理体制是一个值得记忆的日子。在此之前以工人身份从事干部工作的,或是已经填写提拔干部申请表没有批准的,自 1980 年 1 月 1 日起,一律进入干部管理系列。从即日起,任何单位不得以任何理由允许工人从事干部管理工作,上级主管部门也不得批准工人进入干部系列。我就是在此之前进入干部系列的。当兵时,我直至复员都没有穿上 4 个兜的干部军装。唯一穿过一次,是因为我的副班长的请求。

那时复员战士的名单已经确定,我和他都在其中,只等具体时间确定就可以打道回府了。副班长和我是同年兵,宁夏籍的回族战士。他在我手下当了近两年的副班长,与我的合作一直是很好的。可不知怎么回事儿,在复员前的 3 个月里,他居然时时事事与我作对,我说东他说西,连站哨训练都带头不参加。眼看快"分手"了,我也就睁一只眼闭一只眼,一切随他自便,话也懒得同他搭一句,倒也相安无事。

这一天晚饭后,他唯唯诺诺地递给我一支烟,支吾了好一会儿说想找我谈谈心。"谈心"是毛老人家当年一段语录延续下来的一种活动。老人家当年说过"谈心活动是一个好办法,很多问题可以通过谈心得到解决"。俗话说"有理不打上门人",虽然我已经很厌烦他,但面对他主动约谈我只得同意。

我陪他走出营房,找到一个僻静的地方坐了下来。见他几次张嘴又欲言又止，我主动地检讨了最近与他沟通不足，同时表示一个锅里搅了几年勺子，有天大的事也不应该计较，并一再表示战友情是人间最难得的真情。

也许是我的真情感动了他，或许是他的事情令他实在无奈。他站起来面对着我，随后毅然地跪在我面前，两只手紧紧地按在我的膝盖上，先是肩头抽搐，紧跟着竟大哭起来。我等他平静了些，把他扶起来继续坐在我身边，随手递给他一根烟。

他深深地吸了一口烟后，把他近几个月的苦恼悉数倒给了我。当年部队有规定，战士不允许在驻地谈恋爱。他在我们连队附近的一个地方单位搞过军训，期间结识了该单位的一个干部，这个干部也很喜欢他，并把自己的外甥女介绍给他。一来二去，两个年轻人逐步走到了谈婚论嫁的地步。按照当时部队的规定，农村战士哪来哪去，复员后他只能还回到农村老家。要想留在女方的单位，第一要在复员前与女方的家里把婚事定下来；第二要动员女方出一个书面材料，证明男女双方在男方当兵前就已经建立了恋爱关系。

女方的舅舅知道他就要复员，也希望他早日复员与外甥女完婚。随着复员时间的日益逼近，他越来越着急，但是除了干着急却无计可施。他从小过继给世代务农的二叔，二叔又丝毫帮不上他的忙；这件事又不能和自己的战友细说，而且说了也无济于事。他也想过把此事告诉我，让我帮他渡过难关，但又担心我是城市兵不肯帮忙，更怕我把这件事情告诉连队领导，彻底毁了这件既能改变身份又可了却婚姻大事的美事。

听他讲完事情的大概，我问他有什么具体想法。他的想法是这样的，他女朋友是过继给她舅舅当女儿的，她舅舅就是他未来的岳父，自然可以做主。他让我冒充连队的干部，代表他的家长出面谈他的婚事。我问他是否可行，他说这是他们小两口共同商量出来的主意，女孩儿私下征求过舅妈的意见，问题应该不大。

事已至此，我也就只能尽力而为了。见面后的说辞不是什么难事，为难的是冒充连队干部必须要穿4个口袋的干部服装，战士的服装是两个兜的，看官想必对此是再明白不过的。无奈之下，我只能编了一个谎话，对我的排长说快复员了，想照一张穿干部服装的照片。排长满腹狐疑地看了我一眼，我坚定地点了一下头，如愿了。这位排长是我当兵后的第一个排长，他是官至副团级才转业的，但是我至今依然喊他排长，总觉得这样叫他才觉得亲切，连他的爱人和我们说起他老公也是你们排长长，你们排长短的。

随后，我依副班长的安排去见了他未来的岳父大人。见面后，我对女方的家人极尽美言之能事，把副班长夸成了一朵花。女方家留我们吃了一顿在当时可以说是很丰盛的晚饭，席间我还把事先准备好的证明材料让女方的舅舅抄了一遍。至此，副班长的终身大事水到渠成，一个农村战士的前程彻底改变了。

那天晚上，副班长和我一直聊到了深夜，聊了很多他的过去，聊了很多他和同年战友的纠纷和矛盾，他还很愧疚地讲了他复员前因为心情糟糕表现很过分，我一概都予以原谅。最后，他还讲了他曾经的一个念头。他的这个念头我今天想起来，都会不寒而栗。

那段时间的晚上，他与女友分手后回到宿舍，躺在大通铺上，想起复员日近一日，而婚姻大事又毫无着落，听着战友们熟睡的鼾声，烦躁之情常常让他辗转难眠……在他万般无奈的时刻，他想到了死。看到我熟睡的身影，他在琢磨，我凭什么复员后顺顺当当地进城当工人，而大家都是一样的男人，听到其他战友的鼾声，他在思忖，为什么其他人没有和他一样的烦恼,而他们同样也都是农村兵。

　　每一次女友的催问,都无形中给他增加了无限的压力,而且这种压力的重量是呈几何级数递增的。他说,在他几乎承受不了的时候,他曾经把他的冲锋枪拿到了被子里,悄悄地把装满子弹的实弹夹装到了冲锋枪上,想和大家同归于尽。听他讲上述的时候,我一直在想究竟是什么理由最后让他放弃了荒唐的念头。但当他告诉我结果时,我失望了。他说当他就要举起枪的时候,突然想起有一次我们几个城市兵聚餐,我骗他吃了猪肉,当时他就想杀了我,因为我侮辱了他回族的民族习惯。复员回农村与当时的那件事情相比不是小而又小的一件事情吗?如此轻生岂不是太傻了?!

　　人在解释自己放弃轻生时应该有多种理由……

号令天下

我所在的二连是全团唯一有过全训经历的连队。全训的概念是全员、全天候在一个月以上的时间里参加过多项科目训练并一次达标的连队。所以师团有什么应急的训练任务，着急时一般都会选择我们连队。我当兵第一年的九月，兰州军区给我们军区下达了一个整建制连队夜间射击训练的任务。时间一个月，必须一次达标，验收时有部队三级首长参加，师部把这个任务下达到我们连队。

我连接到任务时已经只有 25 天的时间，军区、师、团的夜训指导组十几个人风风火火杀进连队，连队的干部着急得如自家的上房着了大火，里里外外忙个不停。您可别小看这种任务，大也不大，小也不小，可直接与连队军政一把手的升迁密切关联。在部队，官大一级压死人的现象比地方强烈十倍。

这次任务的具体内容和要求是这样的——全连 90% 以上的官兵要参加夜间训练和实弹射击，平均成绩要达到 75 环以上；每天晚上选择月光可视距离最远的时间，抓紧时间进行射击训练，何时起床由我具体把握；每次训练起床前，我要先向师作训科的副科长报告，然后吹响紧急集合号，号令全连投入训练；听到紧急集合号声后，除指导组的成员外，全连的官兵一律严格按照实战的要求打好背包，全副武装整队后开始训练。

一周后，夜间训练的进度超乎指导组的预料，指导组召集全连干部开了一个小结会，颐指气使地指导了一番先撤了，只留下团里司令部的作训参谋陈参谋坐镇。山中无老虎，猴子称大王。陈参谋（副营级）见上头的人都走了，把上司抓紧训练的指示一把甩到了爪哇国，先是让我通知连长全连休息两天，同时命令我从即刻起每天夜训前先请示他。我一一领命。

人的生物钟是不能随意改变的，人民军队的官兵也不是钢铁炼成的。连续一周多的阴阳颠倒，别说团里的陈参谋有点儿身体不适，大多数官兵也有些筋疲力尽了。听到全连休息两天的消息，全连官兵可以说是欢呼雀跃，不少人一头倒下连饭都不想起来吃。这时，我除了依然履行司号员的职责外，还要为陈参谋提供勤务服务。

两天的休息瞬间过去了。第三天晚上熄灯后，我主动请示夜训的事情，陈参谋躺在床上身子都没有动一下，只说了一句按老规矩办就行了，然后扭头继续睡了。

我苦熬到可以夜训的时间，想都没有多想拿起军号吹响了紧急集合号。30 多秒后，营房的操场上各个战斗班依次列队等待连队首长夜训的指示。一分钟过去了，一分半钟过去了……可是没有一个连队的领导走出宿舍。我觉得一定出问题了，赶紧跑到连长的宿舍，只见连长正在黑暗中四下乱摸……连长见到我后轻声地问："是谁来了？"我说没有人来。他又问："那谁让你吹的紧急集合号？"我说没有谁让我吹紧急集合号。他仅扎上武装带，背上枪走出宿舍，装模作样地布置了一下夜训的科目，就让值日的排长带队出发了。

我回到连部，走进连首长的宿舍。这回真的让我开眼了：所有连首长的宿舍都是一片狼藉，看不到成型的背包，更见不到打背包的背包带和背包绳，床下的胶鞋也是东一只西一只……团里的陈参谋的宿舍同样是乱作一团。事后我才知道，包括陈参谋在内的所有连队首长都以为这是上级机关对连队夜间战斗力的抽查。可他们平时只是要求战士应该这样,应该那样,自己从来就没有以实战的要求来要求自己。

那为什么指导组在连队时他们没有丢丑呢?因为那几天聪明的上海籍通信员用连队客房多余的被子事先多打了几个背包。陈参谋通知放假了,那几个背包也自然回到了连队的客房。听到突然的紧急集合号,再加上错误的判断,他们不慌乱才怪呢!

第二天,所有的连首长见了我都像见到了把他们的独生子扔进深井的仇人一样,倒是陈参谋大人大量地问我为什么自作主张吹紧急集合号。我很委屈,我说:"我问你时你说按老规矩办。听我说完他笑了:"那你的意思是责任在我了?没事儿,就是在你们面前丢了一回人。"陈参谋的军事素质很好,待人也很宽厚,在部队讲年轻化的时候,他被破格提拔为副师长。其后,有一次他到我们连队视察时还专门召见了我,很认真地问我想不想提干。我婉言拒绝了,再次提到给他们紧急集合的事情。他说,他为那件事一直想感谢我,说是我让他从那次以后再不敢忘记"打铁先要本身硬"的道理。他还说,再遇到当时的情况,他一定会比较早地站在操场上。

至今我还能记得,离开他时我的眼睛是红红的……

命系一线

部队是一个完全制式化管理的机构，或者说是一个如有可能，恨不得是让每一个人的思想都整齐划一的熔炉。

思想的整齐划一做不到之后，行为上的要求就无形中升级了。队列行为的整齐划一，不但是审美的需要，而且是队列动作标准的需要。让人们难以理解的是内务卫生的刻板划一，在一些连队已经达到登峰造极的地步。我是其中的受害者，同时也是乐此不疲的坚决捍卫者。

当兵第三年的下半年，我到战斗班当一排二班的班长。自从我到了这个班第二个月开始直至复员之前，只要我有兴趣，连队的卫生流动红旗可以随时得到，犹如探囊取物。

在连队的日常生活中，能给班长带来面子的机会是很少的，最常见的机会就是每周一的内务卫生评比。新的一周开始，早上每个班一般都要留下两个值日的战士，唯一的目的就是争夺卫生流动红旗。为了这面看起来毫不起眼的小小的三角红旗，可以说每个班长都在绞尽脑汁地争取。

事事好强的我，自然不会轻易放弃这个可以给我、给班集体带来荣誉的机会。在听到连队首长私下议论我下战斗班的那一刻起，我就认真地分析总结过夺旗、保旗的战略战术。

我的看法是，整理内务卫生作为一项连队的日常工作，已经是老生常谈的内容，要想夺旗、保旗，最重要的是抓住基础，出奇制胜。人家一条线，你也线一条；人家三尺高，你也一米厚，那即便比出个高低，对方也未必服气。

我到二班后的第一个月，先是把可以做到一条线的、一样厚的、一样宽的作为第一类，然后做到绝对的完全一致。为此，我对当年一个四川籍的新兵的羊皮军大衣进行了大刀阔斧的改造。因为我们连队地处高寒地区，官兵配发的都是羊皮军大衣，羊皮有山羊的，有绵羊的，有的羊毛厚，有的羊毛薄。这样，同样是羊皮的军大衣按照内务卫生要求叠出来后，厚度就出现了问题，一条线的要求自然就做不到了。于是，我对这件大衣按照我的要求进行了"减肥手术"，自然这件大衣的厚度合适了，但我从没有更多地想一想大衣的主人站哨会不会冷。

没有去过军营的看官肯定想不到，一件军大衣会在战士们的手下叠得四四方方，见棱见角。现在想起来，我都十分佩服发明大衣叠法的老前辈。

基础问题解决以后，紧跟着要做的是解决视觉问题。具体地说是解决如何让别人对那"一条线"的反应更强烈。我的办法是提供参照物：在放被子和大衣的墙边设置一道装饰性的墙围线，这样上面的线和下面的线很明显地形成了两条平行线；把床下摆放洗漱品的木板边沿用白纸裹起来，其下摆放鞋的地方用水泥抹平、抹齐，再饰以淡黄色的油漆，自然又形成了两条平行线；其他只要有可能的地方也一一这样做。就这样，一连几周，流动卫生红旗纹丝不动地驻扎在我们班。同时，我们班还成了全连、全团的内务卫生标兵班。

很快，有的班长对连首长有意见了，说偏袒连部下到战斗班的战士，连长也劝我不要事事太认真，时间长了会影响团结的。我点头答应了，但提出了一个要求：我可以不争先进，但是每次要评出最后一名。连长不解地责备我："你每次干点儿事情总要附带条件！"我给他讲了一个故事。两个好朋友在森林里发现了一只狗熊。一位蹲下去系紧鞋带，另一位不解地问:"你莫非能跑过狗熊?"答:"我只要跑过你就行了!"我解释道,只评第一名,会造成争不到第一的就甘居落后,而评选出最后一名,则会督促更多的人奋力争先,这样整体的水平自然会提高。现在总结一下,我当年就初懂"末位淘汰制"呢。

连长采纳了我的意见,我们连的内务卫生水平真的得到了整体性的迅速提高。连长开始时坚持要做一面黑旗,我说服他做了一面蓝旗,中间是一个白色的惊叹号,形状大小等同流动卫生红旗。您千万不要小看这面小小的蓝旗,每个班长可都避之如瘟疫。

也许正是我的言传身教所致,那个被我做了大衣"减肥手术"的四川兵,实践了一个惊人的"一条线"工程。那天早上,他在班里做卫生值日。当我进门时(部队有个不成文的、说不出是好是坏的规矩,老兵优先于新兵,班长优先于老兵,而且几乎体现在任何场合:吃饭时,班长先舀,然后老兵、新兵;出操、训练结束后,进门也是如此顺序),第一眼看到的是门边儿的枪架上横排着一长溜儿手榴弹。我惊呆了。这绝对是反常的,按条例手榴弹应该在手榴弹袋里,每周六擦拭武器的时间才可以拿出来。再细看,我更是被吓傻了,一排手榴弹整齐地排在枪架上,所有的拉火线绷得直直的,每一个拉火环都挂在墙上的钉子上。好一个"一条线"!

我被吓傻了!惊呆了!之后"小四川"的左脸肿了好几天……

西风墙报

当兵时，记得五月的节日和纪念日特别的多。5 月 1 日，国际劳动节；5 月 4 日，中国青年节；5 月 7 日，毛主席 1966 年号召各地建立"五七干校"的纪念日；5 月 8 日，世界红十字日；五月第二个星期日，母亲节；5 月 12 日，国际护士节；5 月 16 日，毛主席 1966 发表《关于发动无产阶级文化大革命的通知》纪念日；5 月 20 日，毛主席 1970 年在天安门城楼上发表《全世界人民团结起来，打败美国侵略者及其一切走狗》著名声明纪念日；5 月 30 日，五卅爱国学生运动纪念日（济南流血惨案）……

也许和我同年当兵的战友对此印象不深，我之所以到今天还能历数上述莫名其妙的节日或纪念日，是因为从当兵的下半年开始，每逢上述的一个节日或纪念日，我都要亲自操刀出一期黑板报。我们连队先后在几个营地驻守过，营区内的黑板少则两块，最多的一处营地黑板竟达 7 块。很难想象，当年曾驻守过这处营房的指导员或副指导员为什么如此热衷此项活动。

第一次参与连队的黑板报活动纯属抖机灵惹火烧身。当兵第一年六月底的一天，我看到连部文书（我们的老大哥）已经在黑板上贴好了用红纸写的"热烈庆祝中国共产党建党 50 周年"的横幅，他正在横幅的下面依次粘贴各班"秀才"用钢笔书写的纪念文章，副指导员则在一旁指点着。看着他很吃力的样子，我忍不住说了一句："干吗不出黑板报呀？这样做不是很吃力吗？"

"你站着说话不嫌腰痛,风凉话谁不会说!"副指导员接过我的话头呛了我一句。就这样,我独立操刀出了第一期黑板报。从此,也就把这个烫手山芋捧到了手里,而且一直干到离开连队前的最后一期黑板报——"告别军营,再立新功"。之所以会一直坚持干到最后,并不是我有多高的觉悟,而是中途撒手不管怕遭到众人的攻击,说我故意"拿糖"耍骄傲。

其实,要是偶尔出几期黑板报,也并不是什么大不了的事情,坚持几年也掉不了几斤肉,关键的问题是要利用业余时间。黑板少时熬一熬也就挺过去了,最多一期出7块时那就真是一种折磨了,尤其是在盛夏的午休时和严冬的傍晚时。盛夏的午休时,被晒了半天的黑板吸足了太阳的热量,面对着它就像面对着一块烤热的钢板,不用几分钟就被蒸得满身大汗。想着人家在阴凉的宿舍内安然午休,您说我心里能好受吗?冬日的傍晚时天已经擦黑,我要冒着严寒,带着单手套握着粉笔,因为棉手套太厚握不住粉笔,同时还要解决照明问题。

顶严寒、斗酷暑仅仅是体力上的折磨,还有一个更大的问题是组织稿件。当时连队官兵的平均文化水平很低,大多数稿件都要出于我手。正因为如此,每次出黑板报时我几乎都在心里暗暗地臭骂自己缺心眼儿。唯一可以安慰自己的是在全团的几次评比中得过一些小名次。

福之祸所倚。我当兵第四年五月中旬的一天,晚饭后我正在出纪念《五·一六文化大革命通知》发表的黑板报,通信员神经兮兮地通知我到指导员的办公室。走进指导员的办公室,看见指导员正陪着团里政治处的组织干事和宣传干事聊天,指导员命令我坐在一个帆布马扎上,表情十分严肃。

团里的这两个干事因工作关系我不但认识而且比较熟悉,尤其是组织干事老许,因为我是全团唯一履行过两次入党手续的战士,曾与他打过几次交道,彼此印象还都不错。他可能看到指导员命令我坐帆布马扎,我很不情愿的表情,就让我起身坐在指导员的床上。宣传干事假装很随意地跟我聊了几句闲话后,就认真地说到五一节的黑板报。我听到这里,真的是一头雾水,年年有五一节,年年的五一节我出黑板报,年年都没事,怎么今年就有了"怎么回事"?

宣传干事见我一副很冤枉的样子,而且嗓门越来越高,便打开了他的提包,拿出了一页纸递给了我。纸上学画了我五一节黑板报的大概图样,我看了几遍,也没发现什么问题,只是感觉画的水平很次而已。我把那张纸还给了宣传干事,并表示没什么好解释的。宣传干事把那张纸摊在桌上,拿笔用力地敲了几下画上天安门的位置:"你难道就没发现城门上面的红旗有问题吗?"说这句话时,他的嗓门比我刚才的嗓门还高了许多。

我凑到画跟前,又认真地看了一遍,还是表示没问题。"你难道真的没看到西风把东面的红旗吹倒了吗?!"当我再次认真看那幅画时,我顿时懵了:天安门城楼上的红旗以毛主席像为中心,左面的向左面方向飘,右面的向右面飘,如果按照左西右东的解释,无疑西风把东面的红旗吹倒了。想当年,那是"东风吹,战鼓擂"的年代,东方代表的是正义,是社会主义的中国,而西方则象征着腐朽没落的资本主义,西风吹倒东方的红旗岂不是大逆不道!

我用眼睛的余光看到了宣传干事自鸣得意的神情,他悠闲地点着了一根烟,二郎腿儿晃悠着。指导员的眼里分明是"这回你不牛了"的幸灾乐祸的内容,而组织干事则是很无奈又无助的表情。他们在想什么我难以揣测,当时我的第一念头是如何开脱自己。

宣传干事装模作样地弹了一下烟灰,活像"文革"初期抓住了一个现行反革命。"你还有什么想解释的吗?"几乎是在瞬间,我找到了出路。"这是谁画的？"我很平和地问。"是谁画的跟你没关系！""那找我干什么？"
"你，你……这是你画的！……不，不，这是照着你画的墙报画的！""那我
画的墙报在哪里？"我据理分辩着。

当年，别说连队的战士没有照相机，就在团部找一台照相机也是一
件很难的事情。我当时突然想到，假如想加害我的人有照相机，他绝对不
会照葫芦画瓢的。五一节之后，已经又出了两期黑板报了，即便当时我真
的那样画了，老天又能奈之我何。

一场"文化小革命"就这么荒唐开局，又因毫无证据草草收场。也许
我当时的一句话提醒了宣传干事："要是以后有人用类似的手段坑害你，
你会怎么办？"事后，我就此事进行过反思，很有可能当时就是那样画的，
因为到今天为止，美学上的"对称理论"仍然是有一定市场的，但这一点
的确不是主要的。处处争强好胜惹人烦躁，招人嫉恨才是万万要不得的。

天价道歉

我是全团唯一一个履行过两次入党手续的战士。造成我入党艰难历程的罪魁祸首就是我的指导员,那个曾经让我帮他买过进口手表的家伙。

在我当兵的时候,军队对党的基层组织建设十分重视,几乎每个季度都要进行组织发展工作。和我同年入伍的战士第一批入党的是在第一年的七一建党纪念日。我们连部的文书就是第一批的党员。依我各方面的表现,加之还有帮指导员买过手表的"灰色"基础,我也被列入了第一批发展对象。可是到了发展时,指导员提出连部5个同年兵一批发展两名党员不合适,于是很轻率地就把我刷掉了。这一刷不要紧,我加入中国共产党的时间整整推迟了4年,直到1975年7月我才投入"母亲"的怀抱。

我1971年10月中旬填写入党申请书,连队支部大会通过的时间是1971年的11月中旬,此后报到团党委审批。

1971年年底,部队响应军委的号召组织野营拉练。我们团的拉练路线是途经贺兰山,进入内蒙古境内,终点是内蒙古的阿拉善左旗的达穆尔公社,全程大约400公里,时间为10天。按常理,这样的训练对一名战士来说,应该是极普通的项目,无非是冷一些,累一点儿。对我这样处处严格要求自己的人更算不得是难事,可我偏偏出了丑。原因是我是司号员,又是第一次冬季野营拉练。

部队有个顺口溜,说"通信员的腿,司号员的嘴",大意不用解释想必各位看官都明白。可是在不同气候和气温情况下,缺乏经验的司号员的嘴可不是随便可以适应的。第一天出发后不久，我就明显感觉到嘴唇发紧、发木，赶紧拿出军号试了一下，谁知竟被军号号嘴把上嘴唇粘掉了一块皮。太缺乏经验了，一点儿都不懂冬季室外体温和金属之间的温差大，应该先用手去把军号号嘴焐一焐。这一下知道"司号员的嘴"这句话的含义了。

大部队行军一个小时后，团部司号员发出号令通知休息。按规定动作，每个连队的司号员要依次传递同样的号令。我们连队排列在第三的位置，一连司号员发出号令后，我们二连应该立即响应。可我试了一下，不但一点儿找不到感觉，发出的号声十分怪异，而且军号号嘴被上嘴唇的鲜血都染红了。

在全团的司号班培训结业时，26名学员我的成绩排列第一。这曾经是我们指导员对其他连队领导炫耀的一个小资本。听到我怪异的号声后，他气冲冲地跑到我面前大声指责，以为我又在搞什么鬼名堂。其实他根本不懂我的性格，我怎么能拿我的本职工作去开玩笑。我认真地向他进行了解释，并让他看我的上嘴唇。而他既不听我的解释，更懒得看我的嘴唇，狠狠地甩下一句懒驴上磨屎尿多就转身走了。这句话他要表达的意思是我关键时刻掉链子。我无语。我走麦城了，活该自己不争气。

晚上部队宿营后，我骚眉耷眼地去找指导员。一方面向他承认错误，一方面要求准许我的嘴唇先休息两天，只要嘴唇许可我一定全力完成好本职工作，另外还有一个小小的要求——为了嘴唇裂口早日痊愈，允许我带几天口罩。他的火气虽然比白天小了一些，但是不允许我戴口罩，理由是全团官兵没有一个戴口罩的。然后，他让我去找一个和我同年入伍的常州兵，他是和我同时参加司号员培训的，后来因成绩不好而被淘汰。人穷志短，我只能灰溜溜地找来了培训时被我淘汰的"对手"。指导员让我把军号交给他，问他还能不能吹响。他用装军号的布袋子塞住号口，试吹了几声。我能听出来，虽然和我正常时的水平根本不能比，但临时应付几天还是可以的。后来我才知道，练过管乐的功夫在三两年里是丢不掉的。

我悻悻地用双手把军号交到"对手"的手里，眼泪不由自主地流了下来，之后几乎一夜没睡着。当过兵的人都知道，这等于在战场上亲手把自己的枪交给了别人，而且我的错误并不是因为违反了战场纪律。尤其令人难受的是指导员没有让我和"对手"换位，进入战斗班行列，而是让我每天跟在我的"对手"后面，听他吹号传递团部的号令。这可是我当兵几年从来没受过的窝囊气。

为了让嘴唇尽快恢复正常，尽快一扫连日的耻辱，我专门儿在炊事班搜集了一些猪肉罐头的猪油存放在肥皂盒里，随时抹在嘴唇上，以便裂口尽快痊愈。那时，别说唇膏，就连那种很便宜的果味的棒棒油都没处去买。

大概五六天后，上嘴唇的裂口渐渐地痊愈了。连队的司号员一般都配备一支军号嘴。我因为对此工作很倾心，培训结业时跟团里的司号长多要了一个。这时，备份的号嘴发挥了作用。我的"对手"用我的军号上情下达，我则闲时用备份号嘴进行恢复性训练。在部队拉练结束的前两天，我已经十分清楚我可以"重操旧业"了。当天晚上熄灯前，我的"对手"准备出去吹熄灯号时，我对指导员说我可以吹号了。"部队是你们家开的，你想干什么就干什么?!"他恶语拒绝了我的请求，我只能忍气吞声。

拉练的最后一个项目是夜间行军，夜间行军的指挥器材是信号枪和信号灯。这一天，我们连队是"尖刀连"，要排在全团的最前面。部队出发之前，我的"对手"给我还军号。一下子，拉练一路的郁闷和委屈蹭地涌上心头，并且毫不犹豫地转嫁到我的"对手"身上。"他让我交的，你让他还给我!"我的"对手"为难了。我知道他的心思,他不是吹号的好"材料",他也知道连里的人不止一个说他吹号像杀猪。拉练路上接手军号是怕得罪指导员,而拉练马上结束,他可不愿意让人家继续说他"杀猪"。

他在我身边磨蹭了一会儿,见我态度十分坚决,便转过身找指导员去了。"指导员,他说让你把军号还给他……""对手"懦懦地对指导员说。"他妈的个逼!爱要不要,他还能球得不行!"指导员粗口连连。他们对话的时候,因为夜色的遮掩并没有看到我就在他们身后。在下面的对话中,我坚持他骂人是军阀作风,一定要向我道歉;而他则打死不承认骂了人,更别提什么道歉了。

很快,大部队的出发时间到了。我们连是"尖刀连",出发的信号按规定要由我打出三发绿色信号弹,但当时我正在和指导员争论他是否骂人了,而且互不相让。随着我们的声调提高,十几米远的团首长们开始向我们两人靠拢。因为我当时正背对着团首长们,也没有注意到指导员的声音在逐步降低。等他刚说完对不起行了不,我就听到团长那洪亮的关中腔在大吼:"部队出发!"

好了,剩下的事情就很简单了。在团党委总结拉练工作的会上,最后一项议题是研究组织发展问题。在通过我们连的发展名单时,我的名字遭到团政委的质疑,确认我就是与指导员吵架的肇事人后,团政委带头投了反对票。我自然与心爱的党暂时失之交臂。

当时的部队有一个规矩,但不知是否成文,发展对象填写入党志愿书之日至上级党委批准之日若超过半年,必须重新履行入党手续。也就是说,申请人还要从头做起:党小组研究通过后报党支部,党支部大会研究通过后再报上级党委批准。如此规定,不知今日可有改变。反正我是亲身经历了。

就这样,我在革命的大熔炉里继续开始了新的努力,而且是加倍的努力。功夫不负有心人。1975 年 7 月,我终于成为了党的一分子,至于是否优秀,那就自有公论了。但有一点可以自证:直到摘下领章帽徽的那一天,我始终像一名新兵一样,比其他人起得更早,干得更多……

手术"姻缘"

军营是一个男人的世界。远离闹市的军营更是一个纯粹的男人世界。有人客气地比喻,军营是一个少见树木多见人的建筑材料样板间;也有人夸张地说,军营是一个让人见了一只羊都想撩起尾巴看看是公母的活棺材。不管怎么比喻,其要表达的实质是想见到女人是一件很难的事情。

事实也确实如此。我们连队最早警卫油库时,虽然没有身居闹市,但是每天还是可以看到油库的女工作人员,也可以看到营房附近的农村妇女,甚至偶尔会看到长相和身材都会令人眼前一亮的村姑。但随着工作任务的变更,离城市越来越远,直至搬进贺兰山深处进行战备施工,距离异性也越来越远,最后干脆看不到异性。

在部队,官兵平日里能够近距离接触的异性是到部队探亲的干部家属。每逢有某干部家属探亲时,连队的士气都要比往日高涨。队列训练时的口号声、刺杀训练的拼杀声、观看篮球比赛时的叫好声,那真是嗷嗷的。

除此之外,你能深切地感觉到"见了你们总觉得格外亲"的氛围。大家虽然与来队家属不沾亲不带故,但是那一口一个"嫂子"的热情劲儿,让你会错认为那就是他的亲嫂子。再赶上这位来队探亲的家属会来点儿事儿,帮着战士洗洗衣服、缝缝被子,那整个军营就更是处处洋溢着"军民鱼水一家亲"的感人气氛。

自打部队开进贺兰山深处后,这样的情景就一去不复返了。原因有3个,一是战备施工的营房是临时搭建的,连队干部和战士都睡在一起,每个房间大概睡一个排的兵力，没有单独的探亲宿舍；二是山里的交通等各方面的条件都很差，连队干部家属一年才能探亲一次，不能太苦了她们；加之连队的老营房还依然保留，所以，团首长特意批准探亲的家属可以和老公在山下度"蜜月"。如此一来，被探亲的干部可以脱离工作岗位享一段时间清福，可战士们近距离接触"嫂子"的机会却被无情地剥夺了。

当时，连队战士能够接触异性的机会正常情况下只有一个，那就是依次序排队安排下山进城，半年大概能轮流一次。除此以外就是生病，而且必须是卫生员力所不能及的病，被送下山安排在师以上的医院就诊，因为团卫生队也是清一色的男战士。

一次，连队突发流行性感冒，全连超过半数的官兵都被传染，我和大多数官兵都在暗暗期盼集体下山接受治疗。可万万没想到，军师首长很重视这次流感，派出了一个医疗小分队进山展开积极救治，3天后患者竟然基本整体痊愈。我想，那次憎恨医疗小分队进山的官兵绝对不止我一个人。

当兵5年半，我先后荣幸地有两次住院的机会，而且都是被安排在师部医院。第一次是右脚大拇指嵌甲，就是指甲长到肉里，因不能经常洗脚造成感染，引起整个右脚肿得像一个大面包。在我本人的感觉，此病已经非常严重。没想到，一个小大夫在发炎处抹了点酒精，居然连麻药都没用，就用手术刀在右脚大拇指外侧轻轻地切了一个小口，然后用力地把血和脓挤了出来。哪想到，这不争气的右脚竟然在第二天就全部消肿。第三天下午，医务处就给我开了出院证，而且一点儿商量的余地都没有。

第二次住院是因为扁桃腺发炎。在那次住院之前，我的扁桃腺先后发炎十余次都不止，其中有一次高烧到41度以上，卫生员看了体温表后，连连对我说不要开玩笑。那次住院，体温倒不是很高，总是在 39 度和 40 度之间，各种消炎药都用遍了，但将近一周温度就是降不下来。卫生员害怕了，赶快请示连队首长送我下山。

到了师医院后，门诊的医生对团卫生队的队长很不满意，责备他们耽误了治疗的时机，而且很快把我安排进了急诊病房。大概 3 天后，我的体温才慢慢地降了下来。期间输了无数的液体，挨了数不清楚的肌肉注射。四五天后，我才有了点儿精神，开始主动进食。等到炎症基本消除，我已经住院 10 多天了，可是没找到一点儿渴望继续住院的感觉。

一天，主任查房的时候对我说，他建议我把扁桃腺切掉，这一次要是住院再晚一些，很难说会发生什么意外。听完主任的建议，我很有些后怕。下午我专门找到主任，问他手术会不会留下什么后遗症，不做又会怎么样。他的解释是手术是一个小手术，但是部队训练和劳动量大，会经常诱发扁桃腺发炎，发炎后会发烧，经常发烧对肺部会有影响。主任说得很对，我每次扁桃腺发炎，几乎都与过度疲劳紧密相连。于是，我同意接受手术。

说实话，医院住到这个份儿上，刚刚住出一点儿滋味儿，不但注意到了医院的女兵多，且城市女兵多，还多是干部子弟，同时还有来自北京的女兵。这种感觉有点儿像是大家经常说的"饱暖思淫欲"，之前没感觉很可能是因为身体体能还没有完全恢复。乔克，就是来自北京的女兵，她的老爷子是二炮后勤部的政委。和她认识后，忽然觉得时间过得飞快。因为都是北京人，加之脾气相投，她值班时或晚饭后我们经常在一起聊天，以至有人在背后议论我们……听说我要做手术，她提前就告诉我术后她帮我在病号灶打"流食"，第一天她出去帮我买冰棍，搞得我还挺感动的。

手术是一个陕西汉中籍的医生实施的，名字叫蔡断断，让人感觉怪怪的。能记住他的名字不是因为他的名字怪，而是他给我做的手术出了点儿小毛病。手术后，乔克确实没有食言，前两天的冰棍是她出去给我买的，每顿的"流食"也都是她亲自从病号灶端到我的床头。按正常情况，患者术后第四天就可以吃"普食"了，可我第五天还吃"流食"不说，而且吃饭时还要歪着脑袋，因为右边的手术部位吞咽东西时会很疼。找"断断"大夫检查，他说："右边恢复得慢一些，过几天就会好的。"

说实话，如果手术恢复得很好，我自然愿意"多过几天"的，每天有北京的女老乡陪着聊天，当然是一件乐事，尽管女老乡长得不尽如人意。可老歪着脑袋吃饭，说话也说不太清楚，那我宁可少过两天，也愿意尽快恢复正常。

我住院时适逢建军节前夕。一天晚饭后，乔克给了我一张地方单位拥军演出的票，约我一起去看演出。按规矩，病号外出是要请假的，否则回医院时哨兵不给开门。见我为难，乔克出了个主意：她从正门进去，吸引哨兵的注意力，我则从距离大门不远的地方翻墙进去。

拥军演出的节目水平一般，但在当时也已是难得。记得倒数第二个节目是芭蕾舞剧《白毛女》片段，其中白毛女有一个"倒踢紫金冠"的动作。当演员表演这个动作时不知是动作过于用力，还是事先鞋带没有系紧，反正在表演这个动作时竟然把鞋从身后甩了出去，顿时剧场一片哗然。我自然也随众人哄堂怪叫，这一叫不要紧，突然感觉手术右边部位掉出一块东西。我顿时吓坏了，赶紧用手接住。认真一看，是一块似圆非圆、似扁非扁，裹满血丝的块状物，用手捏捏，感觉是软软的。乔克见我失色，也吓得不轻，不过她毕竟是护士出身，很快恢复了镇静。只见她从裤兜里拿出了一张纸，先是把块状物表面的血丝蘸干净，然后轻轻地撕扯着，随着动作力度的加大，谜底揭开了——一个术后忘记清理的止血棉球！

这时，我觉得嗓子顿时舒服了百倍！这个粗心大意的蔡断断！不过，我还是挺感谢他的，是他让我在有女老乡的师医院多待了几天……

羊倌恋情

当年部队物质条件很差，是一个共性的问题。为了解决这个问题，每个连队都在积极地动脑筋、想办法，于是就派生出一些正规部队本不应该有的岗位，如此篇文章标题说的"羊倌"。依照正规部队建制，你从任何一个文件里也找不到羊倌这个编制，但在我们连队不但有这个岗位，而且此人当兵四年只干了一件事，那就是放羊。

我这个战友是青海海西州的一个藏族牧民子弟，1970 年入伍，名字很是喜兴——辛昌寿，文化程度据说是三年级，而我则认为他绝对没有上过三年级。因为他的家信每次都是我读给他听，然后再帮他回信，而他从来是看都不看一眼就装走了。

辛昌寿从下到连队的第二个月就去放羊点儿了。每次回连队的任务是"听"一下家信和回家信，取一些当月的口粮，偶尔也带回去一些时新的蔬菜和咸菜。他说他自己在羊圈边上种了一些菜，根本吃不完。连队与他主动的联系是每季度给他送一些羊饲料，秋后拉回十几只或二十几只肥羊改善连队伙食，有时在平常时间他也会主动送一两只肥羊回连队。

总之，如果没有肥羊这个媒介，连队似乎没有这个人一样。加之他的编制在炊事班，每次回到连队后食宿又在炊事班，与连队首长几乎没有一点儿联系。偶尔碰到连队首长，也是懦懦地垂手站立，连队首长也顶多问一下羊群又添了多少羊羔，他回答一个数字，连队首长说一声好，而他的脸上已经笑成了一朵花似的。

在我的印象中，辛昌寿除了给连队提供了 100 多只肥羊外，好像从来没有得到过连队的表扬或嘉奖，更不用提什么立功之类的好事。我不止一次问他一个人在山里是否寂寞，生活苦不苦，他总是淡淡地一笑，说："不苦不苦，比在家里强多了。穿的是里外三新的棉衣，吃的是国家供应的口粮，每个月还有固定的津贴费，写信也不用贴邮票（当年是免费军邮），在家里放羊时赶上雪灾不但要死羊，闹不好还会死人……"他还说："你是知道的，连队担心我一个人寂寞，还专门给我买了一个半导体收音机呢。"但是他不知道，这个半导体收音机实际上是我给他买的。为了给他买这个收音机，我向指导员说了好几次，而他总是以我"事多"为由拒绝了。

辛昌寿每一次回连队后，我都要想他好几天。那时，我实在难以想象一个人远离部队，孤独地守着一群山羊和绵羊，还要自己给自己做饭。白天还好说，那寂静的夜晚又该多么难熬。万一有点儿头痛脑热、肠疾胃疼，那岂不是连哭都没眼泪吗？于是，我决定一定要想办法到他的住地去看一次。

当兵第三年夏天的一个傍晚，炊事班班长到连部请示副连长，说该给辛昌寿的羊群送饲料了。我们连的副连长是陕西汉中人，因为和家在农村的爱人常年闹矛盾，既不回家探亲，也不让爱人到部队探亲，情绪始终不高涨，工作上也比较消极，但他人比较随和，也好说话。在炊事班班长请示工作时，我提出想跟着送饲料，他一点儿都没犹豫随口就答应了。

当时，我们连队唯一的交通工具就是一辆马车。平时进城买粮食，给田里送肥都离不开它。第二天一大早我们就出发了，因为放羊点儿距离连队有 60 多里路，走晚了，天黑前就赶不回部队了。

每天禁锢在营房里，偶尔的外出让人心里一下敞亮了许多。尽管交通工具仅仅是一辆马车，但也是别有一番滋味在心头。到了辛昌寿的住地，已经是快 2 点了。辛昌寿不在住地，出去放羊了。他的宿舍坐北朝南，是用不规则的石头垒砌起来的，从外观看大小有 3 间房的样子。我认真观察了一下他的宿舍门，门锁是虚挂在门扣上的，没有完全锁实。

我取下锁头走进石屋。屋里的景象令我站在门口呆住了：一间大房子没有任何隔断，进门的左手边显然是做饭的地方，一盘前后连体的灶，前面是一个小一些的锅，后面是一个较大一些的锅，锅台是石板材质的，擦得纤尘不染，锅台里侧有几个装调料的酒瓶，同样擦得干干净净；右手边靠窗户的位置有一个很旧的桌子，窗台上的几个酒瓶子里插着不同颜色、也不知名的野花，野花散发着淡淡的清香；越过桌子靠墙的地方是一个很大的土炕，土炕的墙围是用《解放军报》和《人民军队报》(兰州军区的机关报)粘贴的，墙围的上端沿线是宽约 10 厘米的漆光纸，粉色的，现在这种漆光纸已经很难见到了；炕上的军用被子虽然没有像连队那样叠得有棱有角，但也像勤快人家一样叠得方方正正，尤其让人吃惊的是炕上居然并排摆着两床军用棉被，而且还有两只枕头！

打死我我也不会相信，我亲眼见到的一切是辛昌寿自己的所作所为，他一个土生土长的藏族牧民子弟怎么会……我正在发愣的时候，炊事班的战友喊我快点儿卸饲料。我不知当时是怎么想的，爬上炕把两个军用被子撂在一起，另外一只枕头塞进了被子，赶快走出了辛昌寿的宿舍。

回到连队后的当天晚上，睁眼闭眼全是辛昌寿宿舍的景象。再想想他曾淡淡地一笑，说不苦不苦。于是，我有答案了。身边有一个守候他、关照他的女人，他有比在家里还自在的生活，怎么会苦，又怎么会寂寞呢？

他是第二天午饭前回连队的，还带回了两只肥羊。他午饭后见到我的时候，眼神有些躲闪，诺诺地问我怎么事先没有通知他要送饲料。我陪他到营房后面的树林里散步,他怯生生地问我在他的房间里都看到了什么,另外一个战友看到了吗。我告诉他只有我进了他的宿舍,被子也是我摞在一起的。我回到连队后没有对任何一个人说我看到了什么。

他长长地出了一口气。要知道,他的行为已经足够处分、提前强迫复员的。在反复要我保证对任何人都要保密后,他对我讲起了他的苦衷:他家有四兄弟,他排老四,在父亲借钱的帮衬下他上过 3 年小学。3 个哥哥也都曾报名参军,但又都因为身体原因体检没过关。他体检过关的那天,全家就像过年一样。离开家的那天,他父亲送他走了几十里山路,一路上没说一句话。快到公社了,他父亲的大手重重地按着他的肩膀,只说了一句话:"一定要给全家争气……"说完,含着眼泪扭头回家了。

他万万没想到,到部队第二个月就和在家里一样干起了羊倌。他失望过,悲伤过,他曾一连几天睡大觉,羊饿得狂叫闹圈他也无动于衷。听烦了,他还拿起放羊铲狠狠地挥向羊群。他甚至想过当逃兵,丢下羊群一走了之,但一想起爸爸的那句话,他就全忍了。他想,连队首长总不会让他当兵期间一直当羊倌吧。然而现实让他失望了,好像他就是全连最合适的羊倌,别无选择。

在他又一次把愤怒发泄给羊群时,一个路过的女羊倌制止了他的恶行。这个女羊倌是距离我们连放羊点儿十几里路外一个生产队的社员。她患有严重的牛皮癣症,为治病家里举债度日。尽管如此,她身上的皮经常大块大块地往下掉,男人嫌弃不和她同床,孩子嫌脏不吃她做的饭,村子里的人躲她如避瘟神。无奈之下,她被迫选择了本应该是男人干的活——远离家人、族人和村民当上了女羊倌。

她的羊圈离我们连队放羊点儿大概两三里路,放羊时经常会经过我们连队的放羊点儿。这一天看到辛昌寿在狠劲儿地抽打羊只,就多说了几句。哪知道惺惺相惜,两个人越聊越近。此后,她再路过时或是帮辛昌寿打扫一下卫生,洗一洗衣服,或是帮他做一顿饭。随着时间的推移,两个人就走到了一起。但这个女羊倌很少在他这里过夜,主要原因是她要把羊群赶回到自己的羊圈。但这丝毫没有影响他们感情的发展,辛昌寿和我谈起这一切时,他时不时地用"桂枝"这个名字代替"她"这一第三人称。

我问起他今后怎么办,他的表情明显黯淡了。"我不能把她带回家,桂枝也知道,过一天算一天吧!要不是有她,兄弟,我这几年真不知道……"说着,他这个青海藏族的壮汉子竟然泪流满面。我少不更事,无言以劝,只是再三保证这是我们共同的秘密,同时提醒他,炕上再不要摆两床被子和两个枕头,让连里其他人看到就糟了。他紧紧地握着我的手,任泪水肆意地流着。

当年年底,他超期服役复员了。当年的政策还不错,他被留在县里的农机站工作。不知这算不算给他全家争气了。他回去后曾给我寄来一个包裹,里面有一封绝对是他写的信,信的内容只有几个字:"弟,替哥看看桂枝。"还有一只牦牛尾巴,白色的。牦牛尾巴经过我的处理,把它变成了一只雪白的、有把儿的蝇拂,而且保留了几年。后来几经搬家,不知丢到什么地方去了。但我至今没有忘记这个藏族战友,一个当了 4 年兵,放了 4 年羊,而且没有受过一次表扬的羊倌大哥。

人小鬼大

在《命系一线》里，我提到过一个"小四川"。假如那一次他的行为稍有不慎，不但他的性命难保，我最少也要背个处分，提前卷铺盖回家。

这小子是 1973 年入伍的，家在四川绵阳地区青川县下辖的一个小镇，父亲是该镇的财政所所长。您别看这个所长最多是个股级干部，可这小子时时处处以城市兵和干部子弟自居，农村兵根本不放在眼里。看不起也就罢了，还经常出点儿坏主意戏弄和他同年入伍的农村战士。

我在连部就认识这小子，不过没有深入接触的机会。到了这个班当班长才知道他不但看不起同年入伍的农村兵，就是对副班长他也时不时地"炸刺儿"。我没有从上述问题入手，而是选择从他的军姿上"开刀"。

"小四川"家里就他一个男孩子，3 个姐姐一个妹妹，从小全家就宠着他，要星星不敢摘月亮。一天到晚不求上进，从四年级就跟着街上的不良青年鬼混，他爸爸一句批评话没说完，爷爷奶奶就已经开始了"宝贝儿保卫战"。您说在这样的环境中，能指望他学好倒真见鬼了。混到初一，正好赶上有征兵任务，他爸爸一咬牙、一跺脚，通过关系把这个"小魔王"送进了部队。

由于疏于家教，"小四川"坐没坐样、站没站形，1.52 米的身高整日松胯驼背晃来晃去，个别时候还歪嘴叼着一根烟，活像一个街头的小痞子，一副找打的模样。我的前任也没少说他，可他就是"死猪不怕开水烫"，时间长了，我的前任也就只得对他放任自流了。

　　我到这个班后的第一次班务会上安排了一个议题，那就是如何尽快让"小四川"的军姿符合部队的要求。当时部队有一个做法叫"一帮一、一对红"，意思是互帮互学共同进步。我提出了一个"两帮一、三人红"的建议，具体做法是由副班长和另外一个军姿标准的老兵对"小四川"进行全天候的帮教，其中包括每一个基本动作，每天晚上必须进行讲评。讲评结果分3个标准：合格、基本合格、不合格。3个标准对应3个结果：合格时与其他战士一样，正常作息，享受一日三餐；基本合格时第二天提前半小时起床打扫连队的厕所；不合格时第二天不但提前半小时起床打扫厕所，每餐饭还要等大家全部吃完后才可以动筷子。

　　我讲完后征求他的意见，他的嘴角恨不得歪到耳根儿，二郎腿一甩一甩的，不说同意也不说不同意，完全是不屑一顾的神态。我强调了一下从第二天开始就散会了。

　　第二天起床号响了，只见他还安然地睡在被窝里。我问他为什么不起床，回答是头疼。我没搭理他，带队出操去了。回到营房，他还在蒙头大睡。我先去副连长那里给他申请了病号饭，随后到卫生员那里让他给我帮忙。卫生员就是我在前面提到的同年战友邓海南，他拿着消毒后的银针和酒精棉球盒到了我们班。治疗方案是我们两人商量好的——"完全型的针灸疗法"，即在不会引发任何小事故的情况下，尽可能地给他头部和其他部位扎更多的银针……在给他行针的时候，病号饭端来了。热腾腾的一大碗面条，里面还卧了两个荷包鸡蛋，葱花、姜末、辣椒油一应俱全，看上去真的令人垂涎欲滴。我亲自把面条端到他的面前，放在一个小板凳上。部队训练出发前，我叮嘱他好好休息，中午的病号饭已经通知炊事班。

　　午休时，卫生员照例给他进行了一番"完全型的针灸疗法"，晚饭后一切照旧……次日还有半个小时吹起床号，我就听到他在被窝里窸窸窣窣地翻来翻去。说实话，一个年轻人闲了一天，又睡了一个晚上谁还能睡得着。对他，我是有 3 天的思想准备的。准备让他白吃 3 天病号饭，同时还要考验他接受 3 天"完全型的针灸疗法"的忍耐力。

起床号响了，他第一个翻身起床。我连忙劝他继续休息，并说病号饭昨天晚上已经和副连长打好招呼。而他根本不听我的劝说，整理好内务，扎好武装带早早地站在宿舍外边，等待集合出操。中午午休后，我听副班长对我说，"小四川"午饭后给了他一盒烟，请求今晚讲评时一定让他达到合格的标准——他已经明显地服软了。但我当天晚上只是同意基本合格，第二天他乖乖地早起了半个小时打扫厕所。

随着他的自觉性和主动性越来越高，合格的几率与日俱增，不合格一共出现过一次。说实话，那一次不合格真正的原因并不是因为军姿的问题。

当时临近十一，司务长给连队买回来一批带鱼，要求每一个班派两名战士帮厨。那一天，我们班派出的是"小四川"和另外一个和他同年入伍的宁夏山区的回族战士。这个战士和他有相似的地方，也是个独生子，名叫阎六四，因为他是父亲 64 岁才生的三代单传儿子，家里老少几辈也是百倍珍惜的。他们帮厨时我恰巧去炊事班有事儿，正好看到了"小四川"捉弄阎六四的画面。只见他手指着一条带鱼的牙齿，告诉阎六四带鱼的牙齿很软、很好玩儿，他还问阎六四有没有摸过带鱼的牙齿。这时，我正站在他的身后，我没露声色，看他能有什么花招儿。阎六四看看他，看看带鱼的牙齿，眼神很是疑惑。"小四川"的眼神我没有看到，但听到他说："不信你试试，我不会骗你的。"听完他的话，阎六四犹犹豫豫地把右手的食指伸向了带鱼的牙齿，就在阎六四的右手食指快接近带鱼牙齿的瞬间，"小四川"猛地用手拍了一下阎六四的食指。阎六四大叫了一声，食指已经流血了。

　　当时还有其他班的战士在帮厨，我强忍住怒火没有发作。晚饭前我问阎六四为什么没有还击，他说自己平时就有打不过他的想法。晚上军姿讲评时给"小四川"评定为不合格，听完讲评结果，他嘴张了几下，但是没有出声。这个结果已经决定明天他既要早起床半个小时打扫厕所，还要一日三餐最后一名吃饭。

　　熄灯后很长时间了，我很明显地感觉到他在辗转反侧。我起身着装后，轻轻地用手指点了一下他的头，转身走出宿舍。很快，他在操场上找到了我。我陪他漫步环绕操场，但是一言不发。过了没几分钟，他带着哭腔大声发话了："班长，你不公平……"我还是一言不发，继续漫步在操场。又过了一会儿，他的火气小多了。他承认欺负战友是他的错误，他可以公开在班务会上作检查，但今天他的军姿肯定应该合格，我拿欺负战友的事情惩罚他就是不公平，就是"军阀作风"……说着说着又哭了。

　　那天晚上我和他聊了很多，从当天他欺负战友说到军姿，从不求上进说到一个男人对自己的基本要求，又从家人的期望说到离开部队以后的生活……他也挺掏心窝子地表示了对我的尊重甚至是佩服和崇拜，他说他知道我是城市兵、干部子弟，也挺想向我学习的，但就是怕苦没恒心。

　　调皮孩子一般都聪明，而且可塑性很强。我答应他今后会更多地注意和表扬他的优点，但对他的要求也会更加严格，首先提出从当天晚上开始不许再枕枕头睡觉，这样能更快地纠正他驼背的坏习惯。他一一答应了，并指天发誓一定尽快改掉自身的坏习气。在返回宿舍的路上，我有意问他第二天怎么办，他痛快地答应第二天照样接受惩罚，并保证绝对不会再发生不合格之类的事情。

　　响鼓不用重锤。"小四川"自此犹如脱胎换骨一般，时时处处努力争先，经常自觉地帮助班里和连队做好事。为了尽快纠正驼背的坏毛病，他不但睡觉不枕枕头,而且睡觉时还自觉地把肩部的下面逐步垫高。1974年春节,他的父亲到部队看望他的宝贝儿子,看见儿子面色红润,特别是看到儿子腰板肩背挺拔、向他敬了一个标准的军礼,眼泪不由自主地顺颊而下……

真假政委

看官也许还记得,在《手表假日》中我曾经说到过我们连贪慕虚荣、喜欢带进口表的指导员。此人在他的同年兵中文化程度相对比较高,军事素质方面亦属佼佼者,加之本人恃才傲物,别说同年兵不在他的话下,团里的首长真正能让他心服口服的也是有数的两三个,其中副政委马一弓在他的眼里排名第一。

马一弓副政委在全团的团首长中资历最老,1964年全军大比武热潮时已经是总参的副团职参谋,大比武后调任军事科学院任正团职训练参谋。他的老爷子"文革"前在福建军区曾任职副司令员。依他的素质和家庭背景,只要不出意外干到正军职应该是手拿把攥的小事儿一桩。可天有不测风云,由于他父亲"文革"中站队错误,提前离休不说,还牵连到他,官降副团后发配到我们这支地方部队任职副政委,在团首长系列中排名最后。

虽然他排名最后,尽管他每日更多的时间只是看书练书法,连话都很少说一句,但是没有一个团首长敢在他的面前稍显不恭,团长、政委进他的办公室也必须先打报告,进门后必须先敬礼再说话。传说有一次团参谋长没打报告推门而入,第二天团机关出操结束点评时被他整整训了10分钟。他不但对别人要求近乎刻薄,对自己更是丁是丁卯是卯,每天机关出操时他总是第一个站在操场上。他下连队检查工作从来是住在战斗班,和战士一起出操,和战士一起就餐,绝对不搞一点儿特殊化,而且发现问题后绝对不讲情面。

有一次某连的连长因为出操没扎武装带，竟被他当着全连官兵的面训得差点儿掉眼泪。时间久了，基层连队的干部对他闻而生畏，听说马政委要下自己的连队，个个都得把心提到嗓子眼儿，生怕有些许差池。我们的指导员自然也在其中，但他的敬畏中更多的是佩服和敬仰。我听他不止一次地说马政委在团首长中能力最强，是一个真正的职业军人，虽然他并没有以马政委为楷模，处处严格要求自己。

团后勤处的副处长马增卫与我们指导员同年入伍，对他这个既是老乡又是同年兵的学长（他们是中学同学），他不但从无表现过任何敬意，而且马处长每次到我们连队开展工作时他都要想办法奚落、捉弄他。

记得有一次，马处长到我们连队搞农副业生产试点工作。一天晚饭后，指导员让我找几个打篮球比较好的战士陪马处长打篮球。我知道马处长打篮球的技术很一般，而指导员的篮球技术还不错。虽然心生疑窦，但我只能依令而行。到了篮球场，指导员没有像我们过去那样分成两拨对抗比赛，而是 6 个人比赛投篮，每人投 10 次，投中最少的要被处罚。罚则是投中最少的人背对着篮板蹲在罚球线上，由其他人把球投向篮板反弹后砸在被罚人的身上，至于挨砸的次数是投中最多的数减去投中最少的数。这种玩法我们称之为"砸鳖盖"。如此一来，马处长就只剩下挨砸的份儿了。说白了，就是指导员要在大庭广众之下捉弄他的同年老乡。

指导员看不起他的老乡，他自以为是有理论依据的。论据一，中学时马处长在班里的成绩始终处于倒数行列，而他从来是前三名。论据二，马处长验兵时是第二拨录取的，第一拨的时候根本没有入围。第二拨验兵时，接兵的干部问马处长等人谁有文艺特长，马处长自报有文艺特长。接兵的干部问其有何特长，马处长说会唱歌。接兵的干部让马处长唱一段，马处长顺口唱了一句"铠根儿里根儿铠"。接兵的干部笑了,马处长也就当兵了,而且入伍后还留在了团机关,但不知是不是"特长"起了作用。指导员说,马处长能当兵全凭脸皮厚,那样的歌儿他会800段以上。论据三,马处长入伍后一直是个机关兵,打靶、投弹从来没及格过,要不是离团首长近,近水楼台提了干,若在基层工作就他那能力早就复员了。也许正因为如此,指导员对团里的干部最看不上眼的就是这位老乡,虽然人家是副营职,而他才是正连职。

就在各连队盛传马政委痛斥某连长出操不扎武装带新闻的一个晚上,当时连队已经熄灯一个多小时了,我们连部的几个战士都已进入梦乡。这时,连部的电话突然响了。上海籍的通信员迷迷糊糊地爬起来,披着军大衣快步到连部的外屋接电话。我们几个人都没听清楚电话的内容,只见通信员回到里屋一边着装一边说:"马政委的电话,找指导员……"说完急匆匆地出去了。

不一会儿,指导员跟着通信员来到连部。指导员拿起电话,高声地说:"报告马政委!我是一团二连指导员,请您指示!"因为我们睡在里屋,没有看到指导员是否敬礼,但能明显地听到他打立正的皮鞋声音。可能是线路的原因(那时还是手摇的电话机),指导员没听清楚对方的声音,再次说:"报告马政委!我是一团二连指导员,请您指示!"接着,又是打立正的皮鞋声。再听时,指导员的声音没有了刚才的洪亮,再细听指导员开始对着话机哼哼啊啊……突然听到指导员一声大骂:"你他妈的搞啥鬼名堂!"接着,他在电话里毫无保留地把他们陕南的骂人词汇尽情地展示了一番。我们几个在里屋顿时都听傻了……再后来,他简短地又进行了一分多钟的通话便收线了。

他已经走出了连部,返身又回到连部,说了一句:"以后接电话一定问清楚对方是谁！"便走了。他走了我们几个还在发愣,问起通信员才真相大白。电话是团后勤处马副处长打来的;通信员问对方是谁,马副处长报的是大名马增卫,陕南话发马增卫的音乍一听就是马政委! 通信员迷迷糊糊地告诉指导员是马政委来电话,所以指导员才一本正经地立正报告请示指示。真相大白后,我们回想指导员字正腔圆的报告词,一本正经地打立正的形象,几个人顿时笑成一团。好不容易止住了笑,只要有一个人一学报告马政委,群发性的大笑又一次差点儿把屋顶掀翻……那一晚,可能是我们当兵几年连续大笑时间最长的一次,直到后来每个人都团着身体不敢笑,因为肠子都快痉挛了。

初级贿赂

当年部队物质匮乏的境况在此不再赘言。现在回想当年社会风气比较正与此应该是紧密相连的。那时人人的收入都极为有限，而且十分透明，你即便有些想靠行贿达到个人目的的思路，靠自己微薄的薪酬岂不是痴人说梦。

我们当兵的时候第一年 6 元钱津贴费，第二年 7 元，第三年 8 元，第四年 10 元，我当兵时间算长的，第六年才拿到 20 元津贴费。你想靠这点儿津贴费巴结连首长，为自己的前程搭桥铺路，傻子都知道你在吹牛。话虽是这样说，但是你挡不住别人的想法，谁不想早一天入党光荣，谁不想早一天提干穿 4 个口袋的军装，尤其是那些世代头顶高粱花子的农家子弟。

于是乎，当今盛行的权钱交易之风在那时也自觉地进入了初级阶段，只不过表现形式也是初级的，是以具体的物质为载体的。比如说家里偶尔寄来的农副土特产品，探亲带回来的比较鲜活的风味小吃，有的干脆是父母世代相传的拿手好菜，但必须可以经受路途"劳顿"和温度考验。我们当兵第一年只有个别战士因家里有急事享受过探亲待遇，更多的人第二年年底后就可以排队依次安排探亲了。从这时开始，连首长就可以陆陆续续地收到探亲战士的"贡品"了（想必此前也是如此）。

我们在连部工作的几个人因为"区位优势"，虽然不能直接得到些许"贡品"，但能知道准确的情报。如看到某连首长在吃萝卜干，我们就可以准确地知道江苏常州的某某探亲归队了；如某连首长在吃大对虾虾干，那一定是江苏赣榆的某某归队了；再如某连首长在啃红薯片，那必定是山东莒南的某某这两天"孝敬"的……我们连从 1971 年起的征兵地区就这几处，所以根本不用多想就可以准确锁定目标。锁定目标的目的不是为了去索贿，主要觉得很好玩儿。拍拍某某的肩膀，悠悠地说一句："行啊，有了好吃的只想着连首长，连哥们儿都忘得一干二净……"然后扭头就走。有实践证明，绝对不会超过当天熄灯前，某某肯定会送上一份带回来的土特产，而且还会说："怎么能忘了哥们儿呢？是不方便……"说完像做贼似的迅速撤离。

其实大家都知道，谁回家也不可能带回来很多的东西，几个连首长每人一份儿，自己的班排长每人一份儿，班里的其他同志共享一些，同年的老乡聊家常还要贡献一些……您说还会剩下什么？而他又怎么可能做到全连每人有份儿呢？这就是咱中国"不患寡而患不均"的老问题了。我在《肥皂月饼》的趣事里说过，吃那点儿东西更多的是想分享那份乡情。

按以上所述，我们连部的几个人在此问题上实际上已经多吃多占了，我们可以面对所有的探亲战士公然"索贿"，而更多的战士只能享受探亲老乡的那一份乡情。但至于都吃了什么，味道怎么样，今天回忆起来却已十分模糊，只有寥寥几件事还能记挂在心。

大对虾干。江苏赣榆的某某探亲归队后的一天，指导员让通信员把我叫到他的宿舍。一路上，我的大脑高速地检索着自己近日的所作所为，没想到进门后见他一脸悦色，还热情地让我就座。我忽地想起当年买表的情形，一下子如坐针毡。他指了指办公桌上的大对虾干，让我随便一些。我心里想着买表的事，有些心不在焉。他又像当年似的和我聊家常，我心里更毛了，一时间都忘了离开他后找某某"索贿"对虾干的事情。这时，我听到他说："叫你来没别的什么事情，是问问你这个东西怎么吃。"

咳!原来是这等事情,我还以为又给我摊什么"公差"呢。我讲过指导员的老家在陕西的陕南地区,对海鲜类食品是一窍不通的。

于是,我的心一下落地了,坏主意也随之冒上心头。我给他讲了一番吃对虾干每个人的口味不同,每个人对虾干不同部位的营养需求也不同。他很谦虚地问我他更需要对虾的哪个部位,我谦恭地说:"您当指导员费脑子,应该多吃虾干的头部。"他听了以后想了想,带头开始把虾头和虾的身体分开,同时要我也帮忙。不一会儿,办公桌上的对虾干全部身首两处。他拿出一张报纸让我把虾干的身子包起来带走,剩下的虾头他小心地包了起来。

过了没两天,他又让通信员叫我去他的宿舍。我以为他又让我去给虾干做"手术"呢,谁知道我刚坐下他就手指着我的鼻子尖说:"你个坏怂!你就不能干点儿好事吗?"他一句话把我给说懵了,心说我最近没干什么坏事呀?见我一头雾水,他的脸色也缓和了一些:"是谁告诉你我适宜吃虾头?你适宜吃虾身子的?""我没说我适宜吃虾身子呀!"我极力狡辩。这时他笑了:"幸亏我试着吃了几个虾身子,才知道虾身子好吃,要不然全让你个坏怂骗着把虾身子吃完了。"他一笑了事,我倒是尴尬到家了。

山区香瓜。在《羊倌恋情》里我曾提到过与爱人长年闹矛盾从不探亲的副连长,因家庭问题他工作没什么热情,但对人还是很随和的。他喜欢下象棋,有时拉着我当他的棋架子,不在乎输赢,为的是有个聊天的人。个别时候与他聊得投机了,他还会主动地认输,买点儿小零食与我们连部的几个战士分享。

当兵第三年的夏天,有一天他叫我陪他下棋,刚坐下来他就从床下边掏出了一个香瓜。这种香瓜产地在宁夏的山区,是与新疆的一个优良品种杂交的产品,当地人称此瓜为"甜如蜜"。由于该产品的生产地日照时间长、昼夜温差大,而且是沙地,所以"甜如蜜"含糖很高,口感也特别好。2007 年后进入北京超市,最高价曾卖到 80 块钱一斤。我主动地洗净切开,先递给他一块。没想到他的表情竟像在吃黄连,呸呸地一连吐了好几口。我赶紧也试着尝了一点儿,那个瓜一点儿不甜不说,还有一种怪怪的香味,难怪他如此表现。期望值越高,失望感越烈。他抱着"甜如蜜"的期望下口,自然稍有不爽口也会强烈感到失望。我知道这瓜是谁从老家带回来的,此前也吃过,虽没感觉"甜如蜜",但比当天这个瓜好多了。

晚饭后我找到送瓜的战士,说起了这件事,他听了之后后悔不迭。他说,他家里给他选瓜时特意选了两种成熟状态的瓜,一种是到了连队立即可以吃的,保证"甜如蜜";一种是要存放十几、二十几天的,那时就熟透了,吃的感觉同样"甜如蜜"。但他给连首长送瓜时连话都说不完整,哪有机会一一说明。

出于对农村战士的好心和与副连长的感情,我到副连长的宿舍解释了一番,副连长倒是没有计较什么,问我剩下的两个瓜怎么办。说实话,对怎样促熟这种瓜的方法我也不了解,但我印象中促熟柿子是可以放到麸子皮里面,麸子皮会提供一定的温度,从而加速柿子的成熟。于是我建议把瓜放到军大衣里面促熟,并说明了我的理由。副连长本来就是一个粗人,二话没说就把剩下的两个瓜塞进了他的军大衣里。

等到副连长再一次拉我下棋,他突然想起那两个瓜可以吃了,急忙让我去取。当时瓜是副连长亲自塞进大衣里的,我去取的时候第一不知道存放位置,第二年轻干活毛躁,手不顾轻重就在大衣里乱插……等我感觉大事不妙时,那两个瓜已被我整得甜汁四溢,军大衣内外洋溢着柔柔的瓜香。副连长见我迟迟不出宿舍,赶进来一问究竟时发现了我的狼狈样子,说:"嗨! 我说最近怎么房子里总有一股酒香味儿呢……"

连环献血

　　从部队回到地方后，我从来没有参加过献血活动。并不是我的觉悟低，觉得献血对男人来讲是一件损坏身体的事情，也不是自诩清高看不起那两个献血补贴，实在是到了地方后因为种种原因，每一次都轮不到我去献血。我从记者站回到报社编辑部后，每个献血的员工不但可以全休半个月，还可以得到报社和本部门双重的补贴，加到一起会有三四千块钱，也是一笔不小的数目呢。不过，我对此并不自责和遗憾，因为我在部队曾经有过一个晚上两次献血的纪录。

　　那是我当兵第四年11月的一个晚上。当时部队在贺兰山深处的一个煤矿群搞工副业生产，全连半数以上的官兵奋战在一个露天矿采区，每年要满足全团的日常用煤和冬季取暖用煤，生产条件和生活条件都是极其艰苦的，尤其令人难以接受的是新鲜蔬菜奇缺。

　　接到献血命令的时间是一天晚上的10点左右。那一段时间我的排长到军区教导队接受为期半年的提干前训练，我被临时任命为代理排长。当时我所在的一排除了我这个二班长是团员外，其他的班长、班副是清一色的共产党员。这种现象不但在全团，就是在全师也是绝无仅有的。说好听一点儿是连首长器重我的能力，但我心里知道这是指导员那个老东西故意整我。因为代理排长不但首先要带头搞好本班的各项工作，同时还要兼管排里的相关工作，最为重要的是我是排里唯一的团员，却要去管理那些身为共产党员的其他班长和副班长，其难度没有亲身经历的人是很难体会到的。

　　当晚需要供血的是我们友邻部队的一名战士，病情是胃部大出血。因为交通工具和路面条件所限，加之病情不允许，临时接诊的矿山医院只能采取保守治疗方案，要等到第二天天亮以后再转院治疗。这个单位仅有官兵40多人，血型匹配的只选出6个人。第一轮献血后不久，病号再次出现失血过多的症状，他们只得再次组织血型匹配的同志二次献血，在二次献血过程中，有一名战士因献血过量还出现了休克现象。无奈之下，他们的领导只得求救于我们连队。

　　按理说，当兵时每个人都经过了体检，按要求每个人的血型都要写在军帽的衬里上，一旦需要只需按花名册点名就是了。但是医院不允许这种做法，必须要经过献血前的检验。如此一来，就必须带领全部官兵一起到医院接受验血。那一周我是连队的值日排长，部队整队完毕后，指导员作了简短的动员，部队就跑步直奔矿山医院。

　　医院的验血结果是我们连共有13个人血型匹配，我也在其中。在等待献血的时候，医院好心的护士给每一个准备献血的人端来一大杯红糖水，并认真地劝说大家多喝一些糖水，血液稀释一些对大家的身体会有一定的好处。后来我才知道，对于失血过多的病号接受的补血中血沉和血清的高低对生命的影响不是很大，而对献血者来讲，多喝糖水可以降低血沉浓度，对身体则会有一定的保护作用。我当时的想法十分单纯：已经决定献血了，献血的对方又是友邻部队的战友，干吗还要偷工减料。看着别人大口大口地喝糖水，有的人还去加了第二杯糖水，我心里觉得他们很卑鄙下作，于是坚持没有喝一口糖水。

　　那时的献血设施很简陋，你躺在床上就可以看到你的鲜血直接流到输液瓶里。我献完血后，护士拿着我的那瓶血和另外一瓶血比较着说：

"你看你不听话,你的血沉,相当于别人的3倍多。"我清楚地记得当时自己一点儿都没后悔,倒是觉得自己豪气干云。

回到营房,已经快夜里一点了。刚睡着了没一会儿,隐约觉得有人在推我。睁开眼睛看到通信员站在我的床头,他告诉我友邻部队的又来求援,病号的情况已经很危急,他们已经在组织第三次献血,希望我们也能再伸援手。我着装后准备去请示指导员怎么办,通信员说指导员的意思是让我带领血型匹配的人直接去医院,不用集合也不用再动员。这个狗东西,"战前动员"是我军的优良传统,而且实践证明绝对行之有效,可他为了不离开热被窝竟然如此不负责任。

我没有任何招数,只得到每个班的宿舍一个一个地通知。十几分钟过去了,应该站在操场上的12个人只出来了6个。当我再一次去找人时,刚才答应好好的献血者却只见被窝不见人。情况紧急刻不容缓,我一边心里诅咒指导员不得好死,一边带着出来的6个人快步赶往医院进行第二次献血。

第二次献血后回到宿舍,我躺在床上说什么也睡不着。我细细清理了一番思路后,发现了一个问题:第二次耍滑头没去献血的全是我的同年兵,而且全部都是共产党员,同时也根本没有什么提干的希望;参加第二次献血的虽然有新兵又有老兵,但都是还没入党的。这种现象应了当时部队的一句顺口溜:"入党前一身汗,入党后四处转。"尤其令人可气的是指导员当时假如能起床,能装模作样地作一个"战前动员"再出发,我想那几个老兵油子未必敢中途溜号。

尽管几乎一夜没有睡觉,而且一连献了两次血,说实话第二天我还真的没有觉得有什么不适或是疲劳之类的感觉。第二天是礼拜天,我像往常一样整整打了一上午篮球。今天想起,可能是那时年轻体力好的原因吧。

第二天中午，友邻部队的领导带了一些慰问品到我们连队表示感谢。到今天我还清楚地记得，每个献血者一瓶梨罐头，一瓶苹果罐头，一瓶"虎皮鸡蛋"罐头（内装 6 个鸡蛋），总价格不会超过 3 元人民币，两次献血的人和一次献血的人待遇一模一样。而我们的连队对这些给连队争了光的献血战士却在伙食上没有一点儿关照。

我可以拍着胸脯说，在任何情况下我都不是一个把吃的东西看得很重的一个人，但这一次我被指导员缺乏人性、缺乏关爱的做法惹火了。我私下给我北京的朋友写了一封信，让他给我发了一封诈称母亲有病的电报。这是我唯一一次对老人不恭的行为，我把罪责记在了指导员的头上。我毫不怀疑指导员一定知道我在做假，但是这种理由又不是可以轻易拒绝的。他经过了几番考虑我无从得知，反正同意了我的探亲假。

随着我的第三次探亲，连队过不了几天就收到某某父母病重或病危的电报，而且献过血的老兵居多，没献过血的老兵也跟着起哄，一时间搞得指导员焦头烂额。当然，他也可以拒绝，但这些农村兵一旦失去基本希望以后，特别容易被惹怒。那年头每年老兵复员时连队干部都巴不得安排探亲假，借机躲过老兵的牢骚或过激行为，一旦哪位老兵想不通惹出一点儿事儿，当年那叫"政治事故"，那连队的军政一把手就得卷铺盖回家。

不知女儿是不是继承了我的献血观，读大学时曾帮助我领导的部门献了一次血——绝对完全义务型的，大学毕业后又主动在街头的献血车献了好几次……

少儿掠影

SHAO ER LUE YING

快乐的"灯泡儿"

已经写了当兵的趣事，说明已经提前进入了回忆阶段，那就先把小时候的那点儿穿开裆裤的往事抖搂完了，再返回头码近些年的旧事，免得心态不一致码起字来不顺溜儿。我把"少儿掠影"这组文字的时间段定位于二年级至离京串联，"串联琐记"单独自立，再下来是"插队印象"，这样在时间顺序就接上"军营趣事"一组了。

"灯泡儿"是近些年的名词儿，其中意思不用多赘看官自明。此段往事写的是我二年级的记忆。读小学6年，记忆深刻的第一位老师就是二年级的班主任——唐淑贤。依我记忆，唐老师任我们班主任时应该在22岁左右。依据是当时她师范学校毕业刚3年，从小学到读完师范应该20岁左右。至今仍清楚地记得，她中等身材，不胖不瘦，那时人们好像没有什么身条儿的概念，椭圆脸，总是一副笑眯眯的模样，似乎还有两个浅浅的酒窝，给人的印象是属于那种自然、亲切型的。

我当时在她的眼里应该属于那种聪明好学的乖孩子，所以她会经常在放学后把我留在学校。她先是把我的作业批改完，然后让我依她批改的作业照猫画虎地再去批改其他同学的作业，这种现象在我二年级时经常发生。和我享有同样待遇的是一个三年级的女同学，那个女同学的班主任是一个男老师，他的名字和当时少儿节目的播音员孙敬修差一个字，叫孙敬道。现在说起来这个名字，肯定会有人评价他的先人有文化、懂修养，但当时有同学给他起外号叫"孙近道儿"，或者一说"近道儿"都

085

知道在说他。

　　我和三年级的女同学在照猫画虎地批作业时，他们两个人经常在办公室的某个地方亲切地在说笑着什么。那时的孩子和现在的小孩儿在这个方面常识的积累，那可真是天壤之别。在我们尽情享受"特别待遇"的虚荣时，还在发挥着可爱的"灯泡儿"作用。

　　当然，他们也不是只有聊天这一种活动，有时也安排一些户外活动，如赛跑、拔河等。他们的赛跑与平时的赛跑是有不同的，那就是唐老师抱着我，孙老师抱着他的学生，一般距离不会超过 30 米。虽然那时的小孩儿营养差，体重与今日的不可比，但毕竟也不是怀中宝贝儿的分量了。有时冲到终点，他们会"拥抱"，但是中间隔着我们两个孩子。现在想起这些，深为他们那一代人纯洁的爱情而难过。看看今天身边儿的少男少女，别说找"灯泡儿"掩护了，就是大庭广众又奈他何。

　　不过，用我今天的智商再分析他们的拔河比赛，就大有当年被愚弄的感觉了。为什么这么说呢，当年在拔河和赛跑两项运动中，他们选择得更多的是拔河比赛。比赛时，他们两个人在前面抓住绳子前端，我们两个小"灯泡儿"在后面远远地抓住绳尾，经常会出现一方被另一方猛拉过去的局面。这时他们就会相拥在一起，而我们两个小"灯泡儿"会被这种突发的力量拽得狼突前行……看官明白，您说他们是不是借拔河之虚，行拥抱之实，且根本置我们两个小"灯泡儿"的性命于不顾。

　　尽管如此，今天细细想来，我没有更多的理由去责怪他们什么。因为那时尽管他们借我们当"灯泡儿"掩护恋爱，但终究不是什么可以指责的错误，而且因为我们两个学生要比其他同学更晚离开学校，还要分别送我们两个学生回家，他们到家一定会更晚的。更重要的是我们留在学校的时候可以认真地完成其他的作业，同时懂得了珍惜自己的荣誉。

　　更让我难忘的是有一次唐老师送我回家的途中，老天突降倾盆大雨。那时好像是初秋天气，白天可以穿裙子和短袖衫，但是一早一晚还是要加一件长袖衣服的。那天，我没有听妈妈的话只穿了一件短袖衫。唐老师毫不犹豫地把她的长袖外衣护在我的头上和身上，等她送我到了家门口时，唐老师已被大雨淋得精湿。看到唐老师的样子我的泪水混着雨水顺颊而下，但同时也发现了一个从来不知道、也从来没有看到的秘密——女人的身材怎么会是这样的？她抱着我赛跑的时候我怎么会一丁点儿感觉都没有呢？

　　噢，还忘了交代一件事儿，唐老师后来和那位孙老师结为连理。不知唐老师他们现在可好？可还记得当年的小"灯泡儿"吗？唐老师，当年的小"灯泡儿"衷心地祝福您健康长寿！

挠痒痒和掏耳朵

到今天为止，已经是"奔六"的人了，如果让我说最喜欢吃什么，我真的说不上来，别看我平日对吃比较讲究和挑剔，但从来没有过什么特别的喜好。如果问我最喜欢享受什么，我会直接干脆地告诉你，挠痒痒和掏耳朵，而且乐此不疲，对此可以说是情有独钟。

随着社会的发展，这两项原本是私密的事情已经被搬到了大雅之堂，稍高档一些的洗浴中心或洗浴城一般都会有掏耳朵这一服务项目，不过不叫掏耳朵，而是叫"採耳"。虽说不如掏耳朵的叫法表达得更准确，但让人稀里糊涂地觉得上了档次，感觉很受用。至于挠痒痒，大凡有保健按摩的地方，您只要提出挠痒痒，服务生还巴不得为您服务呢。因为挠痒痒与按胳膊、压腿、捶后背相比不知轻松多少，同样也是四十分钟，这份钱挣得何等轻松。

当然，不同档次的场所收费高低落差是很大的。记得10年前在长沙一家叫"帝豪"的洗浴城接受别人的"孝敬"，那里的收费就高得离谱，搓澡一次280元，小费另记，採耳一次280元，小费也是另记。那一次让我扎扎实实地感受了一次採耳的另一番境界。採耳的服务生是专司此职的，虽说长相达不到闭月羞花，但是个个容貌清秀、体态婀娜，一身得体店服，走路宛如踏波，说话轻声细语，纤手柔若无骨。当时为我服务的服务生的具体长相早已记不得，只记得她当时端来的那一套工具着实让我吃了一惊：在一个一尺见方的托盘里，足足摆放了有几十样大小不一、形状各异的工具。那天,我第一次见到了有灯的耳挖勺儿。您想想咱家里掏耳朵大不了有一支耳挖勺儿,再奢侈一点儿会有一个长把儿带毛茸茸小球的玩意儿,用它清理耳蚕的残渣。那一天,我静静地躺在休息大厅的长沙发上,偶尔在服务生的细语调度下,微微调整一下头部的位置,最后居然睡着了。

是我的朋友把我叫醒的,他们在包房里面做保健按摩,每人两个钟头,也就是说为我"采耳"的服务生在我的两个耳朵眼儿里已经整整折腾了 80 分钟。我问她应该多长时间,答 90 分钟。我的天,90 分钟,我在陕北插队时可以挖一个菜窖了。当然,这两项工作根本不是一回事儿。俗话说一分钱一分货,用到这里也是通用的。我在内心说:"280 元钱,值!"但要是让我自费,我是打死不会上钩儿的。

世界上没有无缘无故的爱。我爱挠痒痒和掏耳朵还真不是改革开放给我带来的坏毛病,而是我如今已逾 90 高龄的老母亲在我二三年级时给我养成的一个习惯。

那时老师的敬业精神是当今根本不能比的,夏季每天中午检查学生的午休就是其中一例。为了让每一个孩子下午能有充沛的精力学习,班主任和其他老师每天要轮流检查学生的午休情况。这其中有个具体情况,就是当时学生居住得相对比较集中,不然也真是一件难办的事儿。

我的母亲因为当时孩子多,而且年龄都比较小,主动放弃了工作,否则不但要用挣来的工资去请保姆,而且还要担心保姆是否尽心对待孩子。可以这样说,我的老母亲这一辈子为了我们几个孩子贡献了她可以付出的一切。我的母亲是一个十分要强的人,时至今天,尽管她因为大腿骨折失去了自理能力,但是仍处处想着怎样才能尽可能地减轻孩子们和保姆的负担。

　　当时,自从母亲知道老师每天要检查学生午休的情况后,吃过午饭就让我早早地午休。在我的印象中,儿时的夏季特别热。有一次,我亲眼看到一只鸡想从北面的鸡窝跑到南面的阴凉处,结果跑到半路竟中暑倒地。为了我能凉快一些,母亲在院子里的一棵大梨树下为我支了一张小床。好强的她不希望老师检查时看到我没有午休而没面子,于是她就想各种办法,掏耳朵、挠痒痒就是她想的办法之一。

　　本来家里是有一个耳挖勺儿的,可她说用金属的耳挖勺儿直接掏耳朵会疼,而且掏不干净,于是她就自制了一个耳挖勺儿,材料是一根缝被子的大针和棉线。她用棉线在针孔部位缠绕成一个不大不小的水滴状,然后把多余的棉线按顺序绕在大针的身上。您今天都可以试一试,效果肯定出奇的好,自制的耳挖勺儿不但与耳朵内的皮肤接触时感觉很舒服,而且会掏得极其干净,因为棉线之间的缝隙可以顺便把耳蚕的碎渣沾得干干净净。

　　母亲给我掏耳朵的时候总是让我躺在她的大腿上,如果在掏耳朵的过程中我睡着了,她会轻轻地把我的头移到枕头上。要是赶上哪天我耍赖死活不睡,耳朵掏干净了以后,她就会用她那因干家务多而粗糙的手轻轻地挠我的后背……我记不清多少次在她的大腿上惬意地入睡,更记不清楚多少次故意不睡,害得她不停地为我挠痒痒,只记得我午休的时候她从来没有机会休息一分钟。

　　现在,每每想到她来日渐少,心里总是酸酸的。所以虽然她老人家住的地方离我很远,我总是尽可能地安排时间多去看望她。看望她时我会认真地给她剪指甲,有时也会请人到家里为她修脚,也会用我买的带灯的那种耳挖勺儿帮她掏耳朵。看到她在阳光下舒服地歪着头享受我的孝顺,自己的心里也是暖暖的。如今偶尔在外边的洗浴中心接受"采耳"服务时,心里总会浮现出当年在院子里的大梨树下,躺在母亲大腿上眯着眼睛享受掏耳朵的情景……

　　老妈,衷心地祝福您健康长寿!

巧练书法

客观地说，我的钢笔字还是拿得出手的，毛笔字虽然以钢笔字体为主，但偶尔刷上几笔也能混个不错的评价。能有今日，当然离不开我的勤学苦练，但我也不能不提一下我"老阴天"亲爹的亲爹——我的爷爷。

听爷爷自己讲，他曾读过两年私塾，还和一个乡间的兽医学过几天皮毛常识，在四乡八里也算是个知名人士。他的膝下只有我爸爸一个独生子，而且当时家境也十分殷实（土改时险些被划为地主），真不懂他当年怎么会有那么高的觉悟，居然会同意我爸爸15岁去参加革命打鬼子。

新中国成立后，爸爸转业到地方工作，把爷爷从老家接到城里，后又随我爸爸从外地到北京生活。在我的印象中，我从来没有见到我爷爷的笑脸儿，也看不出他更喜欢哪个孙子或孙女，按理说隔辈儿亲才是正道理。抚今追昔，我爸爸"老阴天"的怪毛病应该遗传于他的亲爹无疑。

二年级的第二学期，学校开了描红课，每个学生都买了毛笔、砚台、墨汁之类的物件。那时，我爸爸是与我们子女分灶吃饭的，原因有二：一是他上班的地方离家比较远，下班到家时我们子女已吃完饭开始做作业；二是在伙食标准上有一定的差别。一天，我爸爸晚饭后，我妈妈把我叫到饭桌前，饭桌前还坐着我爷爷。

我爸爸很认真地递给我一支毛笔，这支笔是浅棕色的笔杆，比一般的中楷笔略粗一些，毛笔头的毛色灰黑交杂，用手触摸感觉既有一定的硬度同时很柔很顺。爸爸说这是爷爷曾经用过的笔，当时价格如何如何，爷爷希望我从今天开始用这支笔描红，不但要完成学校布置的作业，每天还要另外写两页大字。

在我们面前，爸爸的权威已经十分绝对了，再加上他爹的余威，我还有什么好说的，只得接笔受命。我原来的想法很简单，多写两篇大字没有什么了不起的，大不了每天少玩一会儿就是了。万万没想到，这支破笔竟让我多挨了好几次戒尺，以致记恨爷爷多年。

原来我们做作业与爷爷是毫无关系的，他根本不管我们是否做完或者质量如何，可一支破笔让我和他建立了牢不可破的关系。描红在当时是一门排不上位置的闲课，别说学生不认真对待，家长也没有几个给予足够重视的，我更是没有把它放在眼里。在没有接受那只破笔之前，我从来都是把它留在最后，随便划拉几笔了事。那天下午，我依然与往常一样，做完其他作业后，歪着脑袋随手划拉着描红作业，包括爷爷给我布置的超额任务。

当我马上就要完事大吉的时候，突然手中的毛笔被人一把抽了出去。不用回头看我就知道肯定是爷爷，因为我接笔的那天他曾当着他儿子的面正告过我："我会检查你的描红作业的，你小心点儿！"这时我的右手手指被墨汁染个漆黑，描好的作业四处滴洒着墨汁还不算，语文和数学的作业本也没逃过噩运。我无奈地看着他，他则狠狠地瞪着我。

这天晚上，爸爸下班后还没有吃晚饭就召我到饭桌前。这是我爷爷最损的套路了。他知道他儿子上班一天已经很辛苦，晚饭前告状会收到事半功倍的效果。在爸爸晚饭前被召，问题早已大白天下，我只得站在饭桌前一言不发。这时，我看到饭桌上摆着家里的"戒尺"——一个青铜的镇纸，肯定是那个老头子拿出来的。我斜眼狠狠地瞪了他一眼。"你看！你看！这就是你教育的好儿子，我费心教育他，他还敢当着你的面瞪我……"我妈妈从来就很讨厌我爷爷在我爸爸吃晚饭前告状,赶紧用眼神示意我承认错误。我唯一的出路就是主动把"戒尺"递到爸爸的手里,同时把左手平展展地伸了过去(不打右手是规矩,因为第二天还要用它写作业),争取爸爸落尺时手下留情。

一次又一次之后,我不能总是被动挨打了。因为你不知道那个老头子何时会站在你的身后,而且你即使知道他就站在你身后,你也算不准他何时出手,即便你能一切都算准,那你一个小孩子的手劲儿又怎能抵过一个成年人的故意所为。

大概是我5次惨遭戒尺荼毒之后,我被迫想出来一招妙计:我找到几枚钉鞋的鞋钉,选准毛笔在无名指和中指之间的位置,在对应的点开始用鞋钉一点儿一点儿地"掘进",靠着铁杵磨针的韧劲儿,居然打出了一个很小很小的通道……

此后,我再写大字时,先在通道的位置横穿半根缝衣针,握于无名指和中指之间。如此一来,老头子不管何时采取何种办法对我偷袭,再无成功的"战例",自然再也找不到告状的理由。他不但不告状,而且还经常到他的儿子那里去表功,说什么在他的严加管教下我的毛笔字大有长进,具体的理由就是我握笔越来越有力,字也越写越工整……

偷香椿历险记

犯罪心理学中有这样的论述，其实每个人都有犯罪的动意，只是有的人在犯罪条件成熟的时候，在瞬间制止了自己进一步的行为，而没有成为犯罪分子或犯罪嫌疑人；而有的人则顺从了自己的进一步行为，其结果可想而知。正如当年一篇为小偷辩白的打油诗："不是我想偷他的钱包，是他的钱包诱惑了我。"

能留下这样的文字，也是需要一定的勇气的，因为在下面的文字里我要利用自己的一件小事儿讲述这样一个道理：虽然克制自己的一些非分念头是一件很难的事情，但也一定要极力克制，否则就会有小不忍则乱大谋的结局了。

那是我小学三年级的一段往事。与我们学校后院相邻的是一户家境十分殷实的大户人家，全家有多少口人无从了解，但他家两进的四合院还是给我留下了深刻的印象，尤其是在他家第一进的院子北房前面有一棵将近两人合抱的大香椿树。

我的父母都是河北人，而且都很喜欢吃香椿。妈妈会用香椿做好几种菜肴，如最简单的凉拌香椿，尽管也就是随意切几下，放一点儿咸盐，加少许醋，再点几滴香油而已，但还没有端上桌，我已经馋得在滴口水；再如油炸香椿鱼，这道现在早已不被人关注的小菜，在当年我的印象里竟是那么神奇，因为我不曾见到妈妈的烹调方法，只是在饭桌上看到香椿和鸡蛋不但浑然一体，而且还颇似鱼状，吃起来还隐隐有些鱼的味道，其实这味道是自己主观添加的；又再如香椿摊鸡蛋，圆圆的一张鸡蛋香椿饼稳稳地扣在圆圆的盘子里，让人看起来感到很真实，吃起来觉得很过瘾，有肉的另外一种味道……

我不知道父母都喜欢吃香椿的习惯是否缘于是河北人，但他们都喜欢吃，而且被我牢牢记住。那时，我们家孩子是没有零花钱的。即便你想干一件天大的好事，只要和钱发生关系那你只有放弃的权利和义务。人就是这个样子，当你一条路走不通的时候，很容易自觉地去找另外一条路，即便另外这条路的路口也写着此路不通。

其实我惦记校园邻家的香椿树，没有丝毫为自己的因素，讨好"老阴天"父亲的想法也很淡，更多的是因为有一个画面那时老在脑子里闪现，并极力想复原这个场面。在《巧练书法》的小文中，我曾说到"老阴天"父亲的晚饭是和我们子女分时、分灶的。我父亲吃晚饭的时候也是他们夫妻每天简短交流的时间，饭后我父亲不是板着脸去看《参考消息》，就是干一些白天没有忙完的工作。一天晚饭后，我记不得是为了一件什么事情去打扰正在吃饭的父亲。当时，我看到了一个很温馨更难忘的场面：那天的饭桌上有一小碗炖排骨，还有一盘香椿摊鸡蛋，另外一盘菜是什么我记不清楚了。我看到妈妈把大块的香椿摊鸡蛋夹起来放进爸爸的饭碗里，然后用筷子尖儿部搜寻着碎的鸡蛋和香椿放进自己的嘴里，而且一切都做的是那么自然……就在那一刻，我暗暗下了一个决心——不花一分钱让妈妈痛快地吃一顿香椿摊鸡蛋。而香椿就在学校后院的邻居家的大香椿树上。

一天上午课间操的时候，我从学校的后院设法爬到邻家的北房上，他家的大门与我们学校后院的一排教室相连，从教室的房檐通过他家大门可直达他家的北房。当我已经很满足"战果"的时候，一声巨吼险些把我从北房上震落到院子里。

只见一个大汉手握一根丈余长的竹竿怒指着我，嘴里不干不净地一边数落着我，一边催我尽快下去……此时要想下去的唯一途径就是从他家的北房上先挪到大门口的平台上，然后从他家的大门平台处踩着大门的横档一点儿一点儿地伺机落地，但是他一定要帮我扶住大门。说实话，当时真把我吓得够呛。我把自己的想法通过颤抖的嗓音告诉了院子里的大汉，他四处看了一圈，琢磨了一番，同意了我的想法，顺手把竹竿子靠在了香椿树上。

他一定不会想到，在他认真地扶好大门生怕我不慎失足的时候，我竟身手矫健地通过他家大门的平台，纵身翻上我们学校后院的教室，转瞬即逝了。第三节课上到一半的时候，学校的工友打铃通知全校学生在操场集合。我暗忖此番集合肯定与我有关，但也只能硬着头皮上阵了，好在证据已被我藏到了体操器械室。

全校学生集合结束后，教导主任先讲话，他的旁边站着邻居家的那位大汉。教导主任说："邻居说我们学校的学生偷他家的香椿，主动交代的批评教育，要是让人家认出来就送派出所。"那时候送派出所就是十恶不赦的大罪过了，哥们儿我当时腿都软了，真的想主动交代，可嘴就是张不开，腿也迈不动，只是在队伍里一个劲儿地筛糠……教导主任看见没有学生主动承认错误，只得让邻居大汉亲自指认。

这时，我突然发现了一个奇迹——邻居大汉在我们三年级的队列里只是注意排头的大个子学生，更多的注意力则投入到高年级的男生。搜寻了两三个来回后，自然没有找到"犯罪嫌疑人"。这时我的腿虽然渐渐地硬了，但也没有敢表现出来，只是暗自庆幸不会进派出所了。

见此结果，邻居大汉也没有提出其他要求，只是对教导主任说，摘一点儿香椿不是什么大不了的事情,主要是怕学生为了一点儿香椿摔坏了胳膊或大腿,再说每年为了摘香椿踩坏的瓦片就比香椿值钱多了,以后谁喜欢吃香椿可以到他家去要,只是不要再上房了……

香椿我是如数拿回家了,足有两三斤,可一点儿情绪都没有。妈妈问我是怎么来的,我只懒懒地说是同学给的,晚饭时也懒得再去看一眼冒险偷回来的香椿……

懂事了以后,知道邻居大汉当年没发现我是因为角度问题——仰角观察事物会感觉对方会更高。可不论你从什么角度观察问题,问题是永远存在的,不允许你有任何侥幸的心理。

部长家的蛋炒饭

　　本来这篇小文里的内容原来准备安排在《偷香椿历险记》里面的,后来考虑单篇文字太长会使看官阅读疲劳,故另起一篇。不过,接续写起来竟觉得有些歪打正着的味道,偷香椿是真有犯意又有行为和结果的连贯作为,而此篇小文所写的内容基本上是因好奇心理所致。

　　我们小学的左边有一位邻居是位高级领导干部,即中华人民共和国石油部的部长唐克同志。唐克同志 1938 年参加新四军,同年加入中国共产党,曾任新四军第三师统战科科长、阜东县县长、抗大五分校政治部主任、黑龙江省财政厅副厅长。新中国成立后曾任燃料工业部石油管理总局副局长,后任石油工业部地质勘探司司长、副部长、部长,是中共第 11届、第 12 届中央委员。唐部长家的院子是一个典型的北京四合院,并不大的大门是朱红色的,两边各有一只大约 40 厘米高的石狮子,从外面乍一看没有什么特殊的地方。

　　按理说,一个共和国的堂堂的部长与我们这些小学生本不该有任何联系的。事实上在"文化大革命"之前也确实如此,我们能见到唐部长的机会很少,偶尔在他家的门口见到等车上班的他,他会很慈祥地对我们这些小屁孩儿笑一笑。那时他还是副部长,副部长是没有专车的,不像现在恨不得一个副科长都有专车接送。"文革"开始后,唐部长被揪出来批斗,很长时间他都要和老百姓一样去挤公交车。

　　也正是因为"文化大革命",我们有了更多的机会见到唐部长,有时他还会与我们闲聊几句；也正是这场"大革命"，我才有机会吃到了部长家的蛋炒饭。在《偷香椿历险记》中我曾经说过我们学校的后院有一排教室，这排教室一边与有香椿树的殷实大户相连，另一边就与唐部长家的四合院相邻，唐部长家厨房的位置就在这排教室的西北角儿。

"文革"初期四处都在闹革命，不过这些更多的是初中生、高中生和大学生的任务，与我们这些小学生基本上是不沾边儿的。可图热闹似乎是中国人的癖好，我们这些小学生也毫不示弱，学着初中生和高中生的样子，也去抄家、辩论、斗争校长和教导主任。尤其令我们这些小学生更为兴奋的是吃住都可以不在家里，十几个自以为是本校"革命先驱"的孩子头轮着做饭，晚上就在课桌上搭铺而眠。

实话实说，我们这帮孩子真正会做饭的一个没有，纯粹是瞎起哄。时间不长就开始"大懒支小懒，一支一个白瞪眼"，再下来干脆是上街买馒头和咸菜疙瘩，当初的兴奋蒸发得一干二净。可就是这样，愣没有一个主动撤退回家的，可能是怕别人背后说革命意志不坚定吧。偷吃部长家的蛋炒饭就是在这样的背景下发生的。

一天晚饭后，我和同班同学"金鱼眼"无聊至极，爬上学校后院的教室房顶找乐子。有香椿树的邻居家我早已有"井绳之畏"，是根本不敢再涉足的，只得向唐部长家这个方向搜寻。前面说过，唐部长家的厨房与这排教室的西北角相邻，因此厨房成了我们的第一目标。

唐部长家的厨房是一个带房脊的老式房子，向北一面的半坡上有一个天窗，有利于做饭时排散油烟。当时我们并没有什么具体的目的，无非是看看部长家的厨房是个什么样子、部长家的伙食与老百姓有何区别而已。从天窗俯视下去，看到案板上有准备好的三样蔬菜等待下锅，炉子上有大半锅已经炒好的鸡蛋炒饭。"金鱼眼"看了看我，我也看了他一眼。我们没有一个字的交流,但我们的心思已经沟通了——弄点儿部长家的蛋炒饭尝尝!

于是,我们回到临时的宿舍(其实就是教室),取了一个饭盒,找了一根捆被子的行李绳,重新返回到唐部长家的厨房天窗处。到了关键时刻,"金鱼眼"掉链子了,他让我下去,我劝他下去。这时我们都知道,唐部长随时都会到家,厨房随时都会来人炒菜。见他一个劲儿地吹自己力气大,还反复说我个子小、体重轻,我只得把绳子拴在小腿部,倒垂着身体由他把我吊下去。我匆忙地往饭盒里舀了一些蛋炒饭,又匆忙地把饭锅里的蛋炒饭胡噜了一下,免得露出破绽,就被他三把两把地揪上去了。匆匆返回学校后院,"金鱼眼"端着饭盒狼吞虎咽起来,我则看着浑身上下的油污哭笑不得。"金鱼眼"非要我品尝一下"战利品",我觉得味道极一般,比我妈妈的厨艺差远了。

第二天,我没有听从任何一个人的劝阻,毅然打起铺盖卷回家了。

给女班长"挖坑儿"

在小学 6 年的时光，我官职最高混至大队委，与"长"始终无缘，但我从无仇官心理。与我的女班长发生不愉快绝不是因为她是大队长，而是另有缘由。

我的女班长叫安有娣，她家清一色的女孩，共 9 个姐妹，她排行老五，据说安家传到她的爸爸已是四代单传，一大家子人盼儿子盼得眼球都有些变形儿。为了盼望安家早日有个传人，她家女孩子的名字都与"弟"字沾边儿，如招娣、唤娣、带娣、盼娣等。

听她家老二说，和我的班长一同降生的还有一个双胞胎弟弟，当时她家比国庆大典还要热闹十倍，不料这棵独苗在这个世界上活了不到一个月就早夭了。班长颇为迷信的妈妈认为是班长克死了她的亲弟弟，从而打小就不待见我的班长。也可能正因为如此，她自幼就是全家的"三等公民"或是"罪人"，说话不敢大声，吃饭最后端碗，走路都要溜着墙根儿……她唯一能自主的就是尽可能地抢着干家务活儿，认真学习争当第一名。在我的印象中，第一名就像焊在了她的头顶上。

和她发生不愉快的事后我才知道误解了她。那时我们五年级三班的班主任姓董，是一个 40 多岁的老修女（我们学校的前身是一所教会学校），性格十分格涩。在她眼里似乎没有一个好学生，经常在放学时念一些学生的名字，留在教室里写作业。其他的老师也会留学生晚回家，但总会有这样那样的理由或原因，而董老师则不同，她把你留校后多余一个

102

字不讲,只顾埋头在讲台上批改作业,其他学生似乎只是她的陪衬。她离开讲台时也不说一个字,既不说让你留,也不说不让你走。刚开始时留校的学生十分莫名其妙,但也没有谁敢去问一下究竟。后来大家等她一走跟着就撤,她也不再提及这件事。我懂事后知道了,那是老修女心理变态的正常表现。"噢,你们一放学撒着欢儿地去玩了,我怎么办呢?索性留下一些人陪我批改作业吧……"

为什么说错怪了女班长呢,因为我从来没有赶上陪董老师批作业,对这个老修女缺乏感性认识,因而与女班长产生了误会。那一段时间我疯迷上了踢足球,每天下午第二节课的时候脚指头就开始发痒,家里要不是有那个"老阴天"亲爹,恨不得能整宿整宿地踢个没完没了。一天下午放学前,老修女照例宣读了一些留校的名单,不料我也身在其中。可那天我们几个球友早在头一天下午就与外校的球友约好,这一下全泡汤了。

我一边鬼画符似的写着作业,一边想着怎么能逃脱魔掌。我的座位就在老修女讲台的下面,直接溜走是根本不可能的,只能采取其他战术。我先是故意弄出一些动静以便引起她的注意,果然她冷冷地看了我一眼,接着我就紧蹙眉头发出几声痛苦的呻吟。还没等我继续表演,她离开讲台走到我身边口气很温和地问:"肚子疼是吗?"我不由得暗自得意,可没等我回话她就狠狠地说:"少跟我来这一套!你要疼今天我就陪你疼个够……"

阴谋没有得逞,很是沮丧。惹不起老修女我就琢磨是谁导致我留校的。苦思冥想之后得出了一个结论:女班长!理由是董老师下午上数学课的时候,我和同班的球友递纸条商量球赛的事情,她制止了几次我们都没听,还给她写了一张"童养媳"纸条。"童养媳"是我们给她起的外号,因为她说话办事都细声细气——她在家里的习惯已经成为自然。我断定一定是因为她打小报告,老修女才把我留校的。

　　为了报复女班长的"不齿"行为,第二天我早早地就赶到了学校,而且在女班长之前。我的报复计划是这样的:在董老师的讲台上布撒少许垃圾,让董老师把愤怒转移到"童养媳"身上,从而达到警告她今后不敢再打小报告的目的。之所以赶在"童养媳"之前到学校,是因为她每天早上都是第一个到学校,而且要把教室里的卫生重新打扫一遍,然后躲到一个别人不注意的地方温习功课。在当时,这是一种做好事不留名的善举。之所以能让董老师把愤怒转移到"童养媳"的身上,是因为每天的第一节课都是董老师的数学课,而且董老师是仅次于"童养媳"第二个进教室的人。我的动作则一定要在她们两个人的时间差内保证完成。这样,董老师就会得出这样一个结论:童养媳是第一个进教室的,而她是第二个进教室的,那么,办这件坏事的除了"童养媳"绝对没有第二个人。为什么我会这样设计这个方案呢,这基于我对董老师的了解和判断。她从来没有表扬过任何一个做好人好事的学生,那么"童养媳"坚持做好事得不到表扬,就会转换到另一个方面——做坏事;董老师不会表扬做好事的学生,但她绝不会看到学生做坏事而无动于衷。

　　但是,当天我没有得到预想的结果。因为讲台上的垃圾太少了(哥们儿我还是有点儿胆怯),她随手拿一张纸给擦掉了。第二天,我还是依计而行,只是增加了垃圾的数量,董老师还是随手自己处理了。第三天,我准备了足够引起董老师愤怒的垃圾,悄然走向讲台。当我刚准备把垃圾撒到讲台时,"老修女"像闪电一般从讲台后蹿出……我顿时灵魂出窍。

　　当天的下午放学后,全班只留下我一个人。她埋头批改作业前给了我一个任务,必须一口气把我怎么想的、是谁让我这么干的、为什么这么干、我想接受什么样的处理说清楚,否则就不要想回家。说实话,当时她的一番轰炸真把我给炸晕了。我真的害怕她不让我回家,这在我们家孩子中间还真是从未发生过的事情。我只得如实地把事情经过和思想活动详细地说了一遍,但绝对不是一口气。听我讲述全部经过的时候,她的身体略向前倾,认真的态度令我十分紧张,更准确地说是惊悚。我第一次看清她的眼镜片很厚,她的皮肤是一种很不健康的惨白,她的嘴唇很薄(很尖酸的那种薄),还有、还有……当我一口气说完了的时候,她直起了身子问:"完了?"我说:"完了。"她的身体向椅背靠了过去,用一种幽幽的语气问我:"我在你和你的同学眼里就是这个样子吗?"不知为什么,我再也不敢回答她的提问,脚在地上不停地画着圈儿。这时,我最惦念的是她何时放我回家。

她站了起来,把批改完的作业轻轻地放进讲台下面的格子里,拍了拍我的肩膀,说:"对不起,我送你回家。其实每天我留同学很随意,和安有娣一点儿关系都没有。"一路上,董老师的手始终搭在我的肩膀上,没有再讲一句话,一直把我送到家门口儿……

铁道逃学队

　　我在《给女班长"挖坑儿"》里曾写到，五年级时我正疯迷足球，而四年级时有好一段时间我酷爱扒火车——一个很刺激、很危险的"爱好"。从前总结过自己，现在也时不时地回顾检点自己，我发现我是一个悟性比较强，但做什么都没有长性的糙人。拿体育运动来说吧，蓝、排、足、乒、羽，我当过主力，拿过名次；田项、径项、体操、游泳，既不陌生，还小有心得。再拿文化艺术为例，诗歌上过报刊，报告文学曾试水长篇，电视剧也玩过（各家报社记者站现在时兴拍电视剧，我 20 世纪 80 年代在记者站时制作的电视剧上过央视），书也操刀编辑过……可哪一样都是狗熊掰棒子，到手的干货是一样没有，时至今日已霜染双鬓仍然游走边缘，一事无成。

　　还是说咱的"铁道逃学队"吧。四年级的时候，我身边有六七个死党，只要是我倡导的事情，总能得到他们鼎力支持。

　　那时我们家住在安定门和交道口之间，当时的安定门城楼外有一个火车的货运中转站，往西的第一站是德胜门，往东的第一站是东直门。我有一次捞鱼虫返回时，在安定门货运站休息了一会儿。在休息的时候，爱观察的我看到有的火车呼啸着驶过安定门站，有的则在安定门站装货、编组，然后吃力地驶向德胜门或东直门货运站。为了了解上述列车的区别，我用了大概一周的时间，每天放学后都到安定门站去实地考察，甚至步行到德胜门和东直门站进一步了解情况，而且走之前我会记住刚刚发出火车的主要特点。一周下来,我发现了一个规律,凡从安定门站发往这两个车站的火车都会在那里继续装货,然后再向前行,其间运行速度很慢,只是中间一段会稍微提速。为了把这个"项目"落到实处,第二个星期我亲自"搭乘"了几次货车。刚开始时的动作是发车前先站到车皮尾部的爬梯位置,车停稳后再下车;后来是来火车起步后趁其低速跨步上车,火车快停车前跳下车;再后来就是对自己要求越来越严格,让自己的形象和动作更接近铁道游击队的英雄。

当我把那几个死党带到现场,让他们一览我的"飞车"形象后,他们拍着我的肩膀伸出大拇指,一片尖叫声令周围铁路工人纷纷侧目。没来得及等我动员,几个人就进了我的队伍。从此,每天放学后我们就纷纷集中在安定门货运站的约定地点。我自然是他们的"教官",从起步到加速循序渐进,不几日悟性强的死党已经出现了敢跟我叫板的人,同时也有两三个怂包只看不练。他们既羡慕我们的潇洒,又没有胆量继续跟进,可他们就是不愿意退出,因为好奇毕竟是每一个男孩子的秉性。

我没有打击他们的积极性,第一,同意他们不脱离"组织",因为脱离"组织"肯定会"背叛",第二,不能在"组织"里瞎混,语文作业不好代写,那就代写数学作业。随着大家积极性的提高,总觉得每天"练兵"的时间太少,这样就无可躲避地出现了逃学现象,可一下子逃学六七个人又太明显。世上无难事,只要肯登攀。问题是这样解决的:我是"教官"必须到场,所以我每天必须逃学;骨干分子轮流逃学,特别骨干分子可以多逃学一些;怂包必须每天坚持听课到底,因为要抄写作业。统筹安排后,学习训练两不误,大家的情绪空前高涨,甚至纷纷提出扩大队伍的建议,但遭到我的坚决反对。

老话说的好,物极必反。我们的"铁道逃学队"亲自验证了这句老话。

那时我们几个骨干分子的"飞车"技术虽不敢与微山湖边的英雄并论,但早已看不起刚起步或将停车的基本技术,而是专拣提速那一段飞上或跃下,动作煞是动人心魄。一天下午,天有一点儿阴,这种天气最有利于"练兵"了。第一个敢和我叫板的死党先飞身上车。他是全国总工会常务一把手的三公子,平常虽然和我的关系很铁,但是经常敢与我一论高低的也是他。这一天的车速与往日基本一致,他的基本技术发挥得也很正常。不知怎么回事,往日跃下后的动作要求是顺着惯性继续向前跑几步,而这一天他不但不向前跑,反而回头与大家做了一个挥手的动作。在我们的训练中,这个动作是绝对不允许的。这时,挥过手的他被落地的惯性带着倒退了几步,紧跟着后脑勺重重地跌在撒满路基石的铁轨旁边。

我们大呼小叫地跑到他的身边,先是大声喊着他的学名,轻轻地拍打他的脸,继而是用哭腔大声喊他的外号,狠狠地拍打他的脸……慌乱中我们没有发现,有两个怂包不知何时离开了我们的组织。留下的几个人纷纷用记忆中的急救方法,而我始终大拇指没有离开他的人中穴。过了四五分钟,或是更短也可能是更长的时间,他慢慢地睁开了眼睛,长长地出了一口气,自己支撑着坐了起来,左看看,右看看,大骂了一声:"是他妈的谁在我落地的时候喊了哥们儿一嗓子!?"(我分析可能是汽笛声)

那天晚上,我们"铁道逃学队"的所有"战友"都经历了一次前所未有的家庭"酷刑"。第二天下午放学后,所有"铁道逃学队"成员的家长都被请到学校,接受了校长的严厉批评。事后我们才只道,出事后那两个怂包以为人摔死了,先是跑到三公子的家里报信,然后又主动跑到学校"自首"。三公子老爸的秘书跑到货运站没有见到人,分别向铁道部和公安部打电话了解情况,直闹了个满城风雨……

箭门楼"纵火"

　　可能有些看官还记得,当年安定门城楼的北面还有一座箭门楼。1969年地铁环线建设开始后,安定门城楼和箭门的残垣被彻底拆除。安定门城楼进一步修建于永乐七年（1409 年）,箭楼建于正统元年至正统四年（1436~1439 年）,其后城楼和箭楼先后两次失火并修葺（当然不算我们"纵火"那一次）。

　　读小学的时候,安定门城楼东西两面还都保留着一段城墙。这段保留的旧城墙和安定门城楼是我和同院子一个发小共同的"圣地"。那里有一个我们用城墙砖垒砌的"保险箱",里面放着全套的《水浒》、《三国演义》、《西游记》和其他的小人书,还有类似烟盒、洋画片等东西,有时还会偶尔存放些许可以长期保留的小零食（他在家里是独子,经常骗他奶奶的小钱供我们两人消费）。因为在家里是不允许我们敞开时间开心地读小人书的,更不允许参与带赌博性质的拍烟盒、摔洋片的活动。

　　时间一长,安定门城楼对我们的诱惑力和吸引力就逐级衰减了。我们的眼神自然地转向了安定门城楼北面的箭门楼。那时,箭门楼是禁止闲杂人等入内的,虽然没有专人把守,但是有一把硕大的铁将军牢牢地锁住了大门。俗话说,锁是锁君子不锁小人的,而我们既不是君子也不是小人,所以它对我们是没有约束力的。箭门楼的外墙垒砌方法与其他城墙相似,它的高度和斜度是成一定比例的,比如说第二层砖比第一层砖向内移大约 3 厘米,第三层砖比第二层砖同样向内移大约 3 厘米……按此规律就形成了一个阶梯状的楼梯。我们第一次就是沿着这个楼梯进入了这一新领地的。可能是因为少有人迹涉足,箭门楼上十分荒芜,杂草丛生,楼内鸟粪遍及四处,我们两个人无意间说话的声音提高了许多,说实话真的有些害怕,虽然骨子里有天不怕地不怕的因子。用了大概两个小时的时间,我们把新领地全部踏勘了一个遍,得出的结论是箭门楼比安定门城楼强一万倍!踏勘后,我们又建了一个"保险箱",为下一次转移安定门城楼的"宝物"奠定了物质基础。

从此,我们就把此处作为"主阵地",安定门城楼只是偶尔旧地重游。因为这个阵地只有我们两人"镇守",能进行的活动也不过尔尔,时间一长难免觉得有些孤寂。一日下午快回家时,我们几乎同时提出了一个议题——邀请各自的死党访问我们的"新领地"。提议自然不用讨论就全票通过了,只是我还提出每人所邀代表不能超过两人,我不希望更多人知道我们的秘密。

几天后的一个下午,我们陪同邀请的代表登城"巡视"。不用说,客人对我们的"新领地"大加赞赏。赞赏之余,我发小的一个死党提出要是再办个野餐会就更棒了。我虽然嘴上也同意,但心里感觉被他抢了风头,颇感不悦。于是大家约定次日下午放学后聚会,并就食物任务进行了安排。

我记得很清楚,那时是初冬季节,箭门楼上已是草秋木黄,一片肃杀景象。我们的野餐并没有直接安排在箭门楼的外面,一是外面有些冷,二是我怕点火引起火灾。客观地说,大家带来的东西并没有什么真的需要用火烤的,不过是凑热闹而已。我们在箭门楼里用野草和一些树枝燃起一堆篝火,装模作样地用树枝把面包或馒头插好,兴致勃勃地在火堆边熏烤着,还不时端起水杯假装碰杯庆贺。虽然没有什么东西,但是大家兴致还是十分高的。

突然,我的发小大喊一声:"不好!着火了!"我回身一看,箭门楼外已经有半间房子大小面积的荒草燃起大火。一定是我们楼内的火星"溜"出去惹的祸。我们几个小屁孩哪里见过如此阵势,大家一时间目瞪口呆。好在这几个哥们儿平时就是招事儿的主儿,倒也没有十分慌乱。我率先抄起一根原来准备做燃料的树枝冲了出去,对着起火的地方用力地抽打着,那几个哥们儿也学着我冲向大火。

所幸那天我的发小发现火情及时,更值得庆幸的是那一天没起风,还要庆幸的是哥们儿几个同心协力、奋不顾身速灭大火,没有引起周边群众的注意,否则任何一个要件的缺失,都足够我们哥们儿几个喝一壶的。

患难之中见真情。大家互相嬉笑着对方的狼狈,但没有一个人责备出举办野餐坏注意的那小子,反过来还真诚地表扬谁谁勇气冲天,不愧是个男子汉。这一次,我和我发小的死党队伍同时得到了壮大。

回家后,我妈妈问我裤脚怎么烧坏了,我说学校组织救火烧的,妈妈就再没有说第二个字。你别看她没参加工作,可她是多年生活在"老革命"身边的家属,在街道还是治保主任。她知道自己的孩子应该做什么,不应该做什么。

裸泳趣事

我很喜欢运动，只要是我感兴趣的运动，稍微接触很快就会入门，而且在一开始时每每着迷，不学会了誓不罢休。在我的印象中，我所参加的运动中唯一遭到妈妈反对的就是游泳，就连学校组织的游泳活动她也坚决反对，至今我也不明白原因何在。妈妈的态度越坚决，我的行动越自觉，就如"压迫越深、反抗越强"一样。我知道妈妈是不会游泳的，可她竟无师自通地知道如何检查我是否偷着游泳，而且精确如神。

在我的性格中有一种天生的反叛因子，你让做的事情我未必会去做，但你不让我做的事情，那对不起，我非要做给你看看不可。自从妈妈坚决反对我游泳的那一天开始，我们母子就开始了一场压迫与反压迫、侦查与反侦查的持久战。

但说实话，一开始时"我军"处于绝对的弱势，第一次偷偷地出去游泳就被我妈妈抓了个正着，第二次、第三次也被精确打击，而"我军"竟根本不知道输在什么地方。好在我遇事好琢磨，第四次才发现"我军"的软肋在何处。

前3次偷着游泳回家时自以为头发是干的，浑身上下的衣服也没有一点儿水迹，硬着头皮说没有游泳心里是有底的。但是忽略了妈妈主动帮我换衣服的细节，以前这些事情从来是要求我们自己做的。实际上，妈妈在帮我换衣服的同时，已经轻轻地在我的胳膊或大腿处挠了几下——游泳后的身体只要挠一下，就会出现明显的白白的印记。

第四次偷着游泳回家后，妈妈依然主动帮我换衣服，我没有依从，并不是我察觉了什么，而是那一天结束游泳的时间太晚，内裤还略带些潮气（没有游泳裤衩），心虚怕被妈妈发现。那一天妈妈不知什么原因心情不好，一把把我拽过去就帮我换衣服，挠我的那一下动作比较重，而且随着那一下挠，跟着大手已经拍到了我的屁股。"不让你游泳你能死了吗?！"说完，妈妈很无奈地哭了。

我不知所措，茫然地站在那里。我虽然不知道妈妈为什么反对我游泳，但我知道她一定是为了我好，而且她从来没有像爷爷那样给爸爸告状，否则我的下场会更惨。看着妈妈伤心的样子，我违心地向妈妈保证今后再不游泳了，妈妈气哼哼地说了一句："想死你就游，我也再不管你了！"

在我们家的孩子里，我是最调皮的一个，整天招猫逗狗没少让妈妈为我操心，只要大门口有人大喊一声："管不管你们家孩子！"妈妈总是第一个冲到大门口，听到不是我又惹祸了，才摩挲着胸脯回到家里。那时，我们院子犯事率比较高的是我和我的发小，在《箭门楼"纵火"》里曾提到过他。

可说归说，做归做，我不是那种不达目的就此收手的蔫人。可是我又不想再看到妈妈的泪眼。于是，我想到了一个既不让妈妈生气，又能满足我游泳兴趣的好主意。

妈妈白天会从皮肤的挠痕发现问题，我决定晚上去游泳，因为夏日的晚上妈妈允许我们在外面多玩儿一会儿，而且回家直接冲澡睡觉，这样激烈的矛盾就迎刃而解了。至于"陪泳"的问题我是以"裸泳"为诱惑解决的，那时大家都长大了，但小时候光屁股在护城河戏水的情景还是很令人神往的。

我家距离什刹海大概 15 分钟路程，那时什刹海还是老百姓"野泳"的天堂，而且晚上游泳的人极少。我们去那里"野泳"的时候先是找一个僻静的地方,把所有的衣服藏在一个隐秘的地方(实际上没有人会对几件小裤衩和背心感兴趣的),然后悄悄地下水。当时什刹海沿岸的垂杨柳多是两人合抱的大树,枝叶垂垂,随风而动。我们几个孩子赤裸着身子,像一个个泥鳅,在水中肆意地展现着各种泳姿,那种惬意你今天就是花多少钱都不会买到的。大约一个小时后,我们抖干净身上的水珠,穿上干爽的衣服打道回府。此种神仙般的享受,我们大概享用了一个月,竟然平安无事,哥们儿几个的泳技也有了突飞猛进的提高。

赢啥都过瘾

好赌似乎是人类的通病，但东南亚人胜过其他地区，而中国人好赌则举世闻名，有"十亿人民九亿赌，还有一亿在跳舞"的民谚做证。

我也从小就喜欢赌博，尽管输赢的不过是烟盒、洋画片或冰棍棍之类的东西。可就这样也是被父母极力反对的，为的是从小教育我们不要养成不劳而获的坏习惯。可这些小游戏因为与输赢相关，爱玩它的就不是我一个孩子的个别行为了。为了玩扇烟盒，我经常把指甲剐在地上弄劈了，鲜血淋淋的也毫不在乎。

一段时间我极其喜欢玩冰棍棍的游戏。其规则是这样的：甲乙双方各出 50 根以上的冰棍棍，出多的一方先玩；基本动作是用一只手平握着全部的冰棍棍，然后猛地轻抛这些冰棍棍，用手背把这些棍棍接住，再后来的动作是手背脱离棍棍，用手掌抓住其中的一部分；落在地面的是单数，地面的部分就归其所有，是双数则要以 2:1 的比例赔付，交给继任者继续进行；这样一直进行到底。

当时与我交手更多的是隔壁院子的刘刚兄弟二人，他们的父亲是一个三轮车车夫，解放时是一家三轮车行的老板，据说有百十辆三轮车的家当。刘刚哥俩学习成绩很差，遇事也不爱动脑子，所以是我手下的"常败将军"，偶尔赢一次也不过是小胜，那还是我故意让给他们的——怕老赢他们不敢跟我玩儿了。

好在冰棍棍也不花钱，无非是辛苦一些，沿街捡拾就是。他们有时为了备足"军火",常常利用周日的时间,每人花 5 分钱到北海公园用整天的时间专门捡拾冰棍棍儿。常常是哥俩儿满以为"军火"充足,可以与我一决雌雄,可周一午饭后不到 10 分钟,他们洗得干干净净的一鞋盒或两鞋盒的冰棍棍已经尽归我的囊中。一次、两次……刘刚哥俩眼看着我的"蝈蝈宫殿"日渐高耸,更是气不打一处来。我用赢他们的冰棍棍为我的蝈蝈搭建了一个十分豪华的"宫殿",每一次他们输给我的冰棍棍儿都被我不断地给"蝈蝈宫殿"加宽加高,他们看到时,我的"蝈蝈宫殿"已经快与我的单人床一般高了。

但他们根本不知道"常败将军"是如何形成的,当然,我也不会告诉他们。其实道理很简单,每次我们交锋的时候,我一定会事先数清楚自己出了多少根,但每一次我都会说自己的冰棍棍儿细,一定比他的多,而他们不管谁上阵都会仔细地数一遍,然后清晰地告诉我准确的数字。这样,我已经明白地知道了我们相加的总数,而他们哥俩对总数则一无所知。如此一来,不管他们兄弟俩谁先出手,或是我先出手,他们哥俩除了个别蒙对的机会,剩下的只有死输一条路。

我这么说,可能有的看官还不清楚,且听我多解释一句。我知道只需抓住几根冰棍棍儿,就知道地面上的数是单还是双,而他们哥俩只是瞎猫碰死耗子,碰到单数他们偶尔能赢一些冰棍棍儿。而且每次他们都会尽可能地多抓冰棍棍儿,因为他们生怕地面上的双数太多,会赔得更多,而我则丝毫没有顾虑,手背上只要有几根冰棍棍儿,够我把握地面上的单双数就足够了。如总数是 100 根,我只要抓住一根,那 99 根自然是我的无疑。

多行不义必自毙。终于有一天,刘刚哥俩另找"高人"破解了我的套路。那天午饭后,刘刚哥俩学着胡同邻居的那一套,在我们家大门外大喊:"管不管你们家的孩子了!"没等我妈妈起身,我就飞快地跑到了大门口。刘刚哥俩儿一见我出来,底气稍显不足,但他们手里的铁锨和擀面杖又不容他们退缩。"你还我们冰棍棍,你赔我们公园的门票钱!"可怜之人必有可恨之处。我假装同意了他们的提议,让他们等我一会儿。我再出来时手里提了一把菜刀,他们刚要逃跑,我把菜刀扔到了他们回家的路上,大喊一声:"想活命把菜刀捡回来!"俗话说,软的怕硬的,硬的怕横的,横的就怕不要命的。刘刚哥俩原本是来雪耻的,却被我这一菜刀吓得魂飞魄散,刘刚的弟弟叫刘安,赶紧把菜刀捡起来,两只手捧着交给了我。

自此,我们再没有玩儿冰棍棍儿,但我们还是好朋友。对他爸爸的三轮车,我们始终觉得很神奇、很好玩儿。您还不要看不起,别看您平时骑两个轮子的自行车十分利索,但骑上三轮车就会不知有多么狼狈。我在刘刚爸爸的三轮车上学会了一身绝技,其中包括两轮行进。这一招儿让我在红卫兵年代曾经大出风头。

伟人像上的脚印

在《给女班长"挖坑儿"》的小文里面，我曾提到"老修女"班主任董老师，想必有的看官还会有印象。那一次发生冲突"老修女"主动送我回家后，一直到五年级期末，我和她再没有发生过任何冲突。我积极地想，可能是大人不计小人过吧。

可等到六年级开学注册时，我才发现这个"老修女"竟是如此歹毒，没有正面冲突是她采取了"潜伏"战术。那天，我去办理六年级注册手续，负责此项工作的老师说注册单上没有我的名字。问他什么原因，他竟说不知道，最后他让我去问"老修女"。

找到"老修女"，"老修女"阴着个脸说我有一门功课不及格，而且没有参加补考。我当时就懵了，哥们儿我在班里是数得着的前几名，居然会有一门功课不及格，而且自己还不知道，简直是岂有此理。

细细盘问才知道是珠算课不及格——59分。"老修女"不但是我们的数学老师，还兼珠算老师。当时珠算课类似二年级的大字描红，根本上不得桌面。再细细一想，确实有过一次珠算测验，那天我因扁桃腺发炎，输完液体才去学校，到教室时已经快下课了，只得匆匆完成了测验。此后，"老修女"绝对再没有提及此事。

我再一打听，全班就我一个人不及格，就连我们班的"柴大棒子"都在及格之列。"柴大棒子"是个女生，全校有名的差学生，而且四年级时就有了选举权，您说她得留级多少次。我气冲冲地去找教导主任，教导主任抹稀泥,说要尊重班主任的意见。无奈,我只得硬着头皮去找校长。从进小学校门,单独见校长这是第一次。

校长姓黎,是一个单身女人,40多岁,个子不高,白白净净的皮肤,永远是一副笑眯眯的面孔。我曾想过,她应该去当幼儿园的园长,孩子们一定会喜欢她的,奶声奶气地喊她"园长奶奶"。找到校长的时候,我唯一的愿望就是一定要完成六年级的注册,即使就我一个人补考我也认了。校长很和气地听我讲了事情的经过,轻声地说了一句:"我明白了,你去吧。"我惴惴不安地离开了校长室。没过十分钟,我们班的女班长叫我去注册。我一直悬在嗓子眼的心这才回到原位。要知道,因为珠算不及格而留级,我家的"老阴天"爸爸不把我的屁股打成八瓣儿才怪呢。

从此,"老修女"和我彻底结下了"世代冤仇"。当时我发誓,此仇不报,誓不为人!同时也暗下决心,一定要报答校长的解难之恩!

是"文化大革命"给了我完成上述心愿的机会(报答校长的解救之恩另有文字记载)。按照毛老人家的原意,"文化大革命"的目的是要揪出党内走资本主义道路的当权派,横扫一切牛鬼蛇神。可到了下面就大变样了,尤其是对"牛鬼蛇神"的认识,只要当权者认为你是"牛鬼蛇神",那你立马就是"牛鬼蛇神",根本没有商量的余地。

当时,按照无产阶级"文化大革命"的通知要求,小学是没有"文革"任务的。可我自以为根红苗正,死不服输,愣是扯起了一支队伍——"红卫兵战斗队",人员虽少,仅仅19个人,但战斗力超强。在很短的时间内就迅速地占领了制高点(实际上根本没有什么抵抗),如校长室、教导主任室、训导室、广播室等,并正式通知,所有教职员工必须随时听从"战斗队"的安排。也怪,一大帮教书育人一辈子的老教师,一时间竟乖乖地听从十几个毛孩子的指挥,让扫地就扫地,让打扫厕所也毫无怨言……

　　"文革"刚开始时，我们还是比较注意政策的，第一批进入批斗对象的仅限于校长、副校长、教导主任、训导主任和个别在北京有影响的老教师，基本动作也就局限于"劳动改造"，第二批则涉及了一些副主任之类的人，一般的老师还是太平无事的。

　　如果不是有一天我路过"老修女"的宿舍看到她，我几乎都把雪耻的事情忘得一干二净。"老修女"的宿舍位于通往学校后院教室的夹道，一年四季见不到阳光，这可能也是她脸色惨白的原因之一。看到她之后，当年的仇恨顿时涌上心头。

　　在我们学校的教师队伍中，"老修女"除了业务素质比较好、性格比较古怪一些以外，几乎是一个很低调的人。如果把她列入批斗对象不是大多数人可以接受的，可是为了复仇，理由不是想不出来的。

　　第二天上午 10 点左右，我们五人领导小组的一个成员告诉我"老修女"门上的毛主席像上有一个脚印，请示我怎么办。这个领导成员是我极力拉进领导小组的，原因是唯我是从。我说这件事由他全权处理，并随手把"战斗队"公章交给了他（那可是权力的象征），并对他说此后我要加强与中学红卫兵的联系，本校"队伍"的事情他要多操心。他接过公章，像汉奸见到皇军一样点头如捣蒜，屁颠颠地走了。其实，那时我已经开始考虑串联的"大事"了。

　　事后，我得知这个"官迷"当天就把"老修女"从宿舍里赶到了女厕所，不但给"老修女"剃了"阴阳头"（一边有发，一边无发），还开了一个规模较大的批斗会。

　　报仇确实是我的初衷，转嫁他人下手隐身自己也是预谋在先，但这个结果可根本不是我的初衷，我只是想宣泄私愤而已。看着"老修女"顶着阴阳头在太阳下清扫厕所，而且晚上还要在厕所睡觉，当天晚上我第一次知道了失眠的滋味儿。

第二天一早,我假借女生说上厕所不方便为由把"官迷"臭骂了一顿,并让他亲自把董老师的卧具送回到董老师的宿舍。

不用我多说,看官一定早已知道伟人像上的脚印是我这个坏小子所为。

董老师,我早就知道错了,只是没有勇气当面向您道歉。今天,您当年的学生郑重向您道歉,请您接受!

校长躲过"阴阳头"

自从董老师被剃成"阴阳头"后,不但给董老师本人的心理造成了巨大的伤害,其他的女老师也胆战心惊地熬着每一天,生怕哪一天也遭此厄运。别说年轻的女老师,就是年龄大的女老师,又怎么能忍受如此毫无人道的侮辱。

我那时特别同情董老师的心情,很希望她能回到一个安静的地方疗治心灵创伤,但是我没有勇气自我揭露自己的丑行,只能在自己力所能及的范围悄悄地略加保护。

有时,在一定的条件下,罪恶的东西会自然发酵。董老师被剃阴阳头产生的威慑作用,诱发了"官迷"等人的恶作剧心理,他们希望有更多的女老师也得到此种非人待遇。一天下午五六点钟的时候,我从附近的一所中学"取经"回到学校,一进校门就发现有点儿不对劲儿,细想了一下,发现我们的"队伍"只剩下几个人,大多数人不知去向。以往这个时候人是最多的时间,因为马上就要吃晚饭了。

我一打听才知道,大多数人都出去通知晚上开会,内容是进一步扩大"文化大革命"的战果,向更多的老师开展批斗,批斗的材料"官迷"已经准备好了。有老师在课堂上宣扬"封资修"内容的材料,有老师鼓吹"成名成家"思想的材料,也有男老师摸过女同学耍流氓的材料,还有老师谈恋爱影响工作的材料……这个"官迷"还真有"一朝权在手,便把令来行"的激情。最后还听到会后要给女老师剃阴阳头,有一个同学已经去找理发工具了。

听到这里，我打了个激灵。董老师那幽怨的眼神还在我脑海里没转悠完呢，这个"官迷"又要扩大什么狗屁战果。我不是怀疑我的领导能力，但我也深知一旦场面混乱，大多数人的意见占上风的时候，局面是很难控制的。

此时，容不得我多想，第一个念头就是校长绝对不能被剃阴阳头。来不及吃晚饭，我匆匆赶往校长的家。快到校长家的时候，看到"队伍"里的一位同学正在和校长道别。等我走进校长的家门，看见校长低头坐在床边，思索着什么。听到有人进门，校长忙不迭地站了起来。那时天已黄昏，校长的宿舍没有开灯，昏暗的光线下，我看到了校长那一筹莫展的眼神。

我把我的想法一五一十地倒给校长：第一，今晚的批斗会一定不能去，否则很难逃脱被剃阴阳头的厄运；第二，如果有其他地方可以暂时躲一段时间，那是最好的办法；第三，在任何时候不要说出我告密的事情。

一贯谈吐风雅、口齿伶俐的校长，这时说话竟磕磕巴巴的。先是顾虑逃避批斗会不会有更坏的结果，说起剃阴阳头更是瑟瑟发抖，不过说起为我保密的时候倒是中气十足："打死我也不会去毁了你的前程呀！"最后，校长在我的反复打气下，决定到天津她的小舅舅家躲一段时间。我帮校长随便收拾了一下行囊，一直把她送到北京站。要不是我提醒她，临别时她都忘了给我留下通信地址。

返回学校的路上，我心里特别踏实、特别充实——我做了一件男人该做的事情，虽然有报恩的情结在里面。距离学校还有半里路，就听到了高音喇叭的噪音。那天的批斗会是我们"队伍"成立后规模最大、批斗人数最多的一次。"官迷"站在主席台上颐指气使地指挥着一切，这一次大概是他一生中最辉煌的展示。

正步走出的 ★ 脚印

我还沉浸在自我满足的幸福中，主席台上的一切似乎与我这个"队伍"的领头人毫无关系。批斗会快结束时，我最担心、也最不希望发生的局面出现了——只听"官迷"一声令下，五六个手拿理发推子的和十几个徒手的男生，分别走到事先安排好的女老师面前一展身手，被剃阴阳头的女老师尖叫着，大声哭喊着，而台下的学生则高呼"革命口号"，高音喇叭奏响着"无产阶级文化大革命就是好"的时尚歌曲……

"不会总是这个样子的吧……"这是校长和我分手前反复说过的一句话。

124

串联琐记

CHUAN LIAN SUO JI

我是"跟屁虫儿"

不敢说要是不认识"老高",我就会绝对地远离串联的机会,但可以说 90％ 的可能性就没有了。认识"老高"很幸运,他不但"成就"了我的串联的机会,而且对我的人生之旅起到了关键性的作用。

"老高"是北京二十二中 1966 年的高中毕业生,一米八的大高个儿,在当时是很少见的。我叫他"老高"一是他姓高,二是因为他的大高个儿。如果没有"文化大革命",无论如何我是没有机会与他相识的。

那时,我们小学的附近有两所中学,一所是我们学校附近的分司厅中学,另一所就是二十二中,该学校也是乒乓球名将庄则栋的母校。轰轰烈烈的"文化大革命"开始后,我也带领我的"队伍"义不容辞地加入了"革命洪流"。

当时,我们这帮小屁孩儿根本不懂任何一场斗争或革命都离不开理论的指导。乱哄哄地扯起一个"队伍"后,没几天就陷入了一片混乱。一帮乌合之众每天一早就懵懵懂懂地来到学校,至于说为什么而来,有什么可干,怎么干,整个是一个胡来瞎掰。

为了尽快结束这种无所作为的现象,我一边要求"队伍"的某些人看管小学所谓的"当权派"打扫卫生,一边组织一些人到其他中学或大学去看大字报,去抄他们认为精彩的大字报内容,而我则悄然一人溜到二十二中去"暗访"取经。选择二十二中是因为庄则栋的名气,自以为二十二中肯定比分司厅中学更厉害。

　　"文革"刚开始时，有一个很普遍的项目——关于一副对联的大辩论。这副对联的内容是上联：老子英雄儿好汉；下联：老子反动儿混蛋；横批：基本如此鬼见愁。放在今天，幼儿园的孩子对此可能都不会感兴趣。可在当时，每到黄昏以后，大多数中学的学生都会揣着白天寻找好的"理论依据"，展开殊死的"搏斗"。在这场没有硝烟的战斗中，时常会有一些家庭出身"不过硬"的学生败下阵来。当时讲究的是根红苗正、革干家庭、三代赤贫之类的英雄后代，小业主之流的子女都很容易"中弹身亡"。

　　您别看这种辩论的知识和技术含量不高，但在当时十分时尚、十分流行，而且听起来、看起来都很过瘾。我就是在"老高"组织辩论对联的时候认识他的。他高高的个子，很有磁性的声音，一呼百应的形象，不久就刻进了我的脑子。而那时候，他根本不知道我这个小屁孩是何许人也。

　　从那时起，他们辩论对联，我照猫画虎；他们批斗校长、主任，第二天就有了"小学版"；他们组织抄家，那我们一定会有一个模拟行动……总而言之，那时我已经具备了一定的"盗版"功能。而且通过一次次的拍马屁行动，我逐步进入了"老高"的视野。他给我起了一个外号，叫"跟屁虫儿"，我才不计较外号叫什么，而且还自我安慰——我跟你，你是"屁"，你还不如我呢。

　　过了一段时间，我渐渐地发现"老高"他们几个人对学校的事情没有那么关心了，聊的更多的是什么串联之类的话题。这是一个新动向！从此我往"老高"那里跑得更多了，对他们聊的内容听得更仔细了。终于，在9月15日的下午，我掌握了确切的消息：9月17日下午2点，"老高"和他们学校的3个同学外出串联，第一站是上海，火车票是黄纸油印的。

　　我悄悄地缠着"老高",让他带我一起去串联,被他坚决地拒绝了,理由有两个:第一,我太小,出事他负不起责任;第二,就是他想带我出去也不行,根本没车票。当我继续缠着他不让他回家时,他甩了一句话:"你有票我就带你去!"说完,头也不回地走了……

你去死吧

实际上，在"老高"他们商量串联的一段时间，我早已比他们更关心串联的事情了。因为在我的印象中串联一定是一件很了不起的事情，要不然那么能干的"老高"为什么会私下商量这件大事呢。其实，人家不过是相约情投意合的同学结伴而行而已。

心随事动，不管他们怎么想我，实际上人家也根本没有想我，但我早已孤注一掷——一定要跟随"老高"他们串联。因为我的"情报"是绝对准确的，所以，只要我努力，我的"一定"肯定会变成现实。

9月17日的上午10点左右，我从学校回到家里，对妈妈说我要去串联。妈妈是懂政策的，在前面的小文里我曾说过。当时妈妈正在做针线活，她连头都没有抬，只是说了一声："你去死吧！"因为她知道小学生是没有串联任务的。同时她更知道我们这些孩子在学校"结伙"吃饭，每个月只有10元钱、20斤粮票，时间已经过半，我就是想外出，也是没有经济实力支持的。

我离开家时，仅穿了一件短裤、一件短袖上衣，当然，还有一条内裤。时间不到下午1点，我已早早地在北京火车站静候"老高"一行。看到他们提着大包小裹地走来，我兴冲冲地迎上前去，但迎接我的是"老高"诧异的眼神。这时，距离发车的时间已经不是太多，在他们诧异的眼神中，我主动接过两三件他们的行李，大大方方地走向检票口。因为我双手抱着东西，所以只能用嘴叼着油印的车票，加之那时的检票早已是个形式，我和"老高"一行顺利地进站。

瞬间，我觉得自己此前的努力太廉价了——为了他们那一张黄色的油印车票，我在北京火车站整整捡了一天与他们颜色近似的火车票，但最后颜色还是浅了一些。帮他们拿东西，是为了可以用口水使车票的颜色更相近一些，以便蒙混过关。

刚刚走上站台，我就把手中的行李一一还给了他们。他们4个人惊诧地看着我，我对他们晃了晃手中的车票，坦然地告诉他们："这是一张过时的票，已经进站了，我不用再伪装什么了。""老高"他们4个人几乎异口同声地说："你个小兔崽子！"但是，他们说什么都晚了。从此，我和"老高"他们一同踏上了"革命大串联"的征程，而且一走就是将近半年……

"跟屁虫儿"外滩维权

到上海的第三天的晚上，南来北往的各地学生凑在老高他们身边神聊。领袖到哪里都是天然的领袖。这不，没有谁号召，"老高"身边就聚起了一帮人。我羡慕死了，同时更想通过这次零距离的接触更快地提高自己。

当他们交流"革命经验"的间隙，我向"老高"提出了一个问题："大家辛辛苦苦地跑出来串联，难道每天就是为了看大字报，抄大字报吗？""老高"侧身瞪了我一眼没说话，我知道他肯定是嫌我多嘴。可我的问题竟引起了大家的热烈讨论。一群人七嘴八舌地各抒己见，最后的结论是与我的想法一致：大上海好玩的地方比比皆是，应该趁此机会四处逛逛，不能对不起自己的大好年华。这时，我看到"老高"的眼神充满了赞许。

当时我们的住地在江北，每天都要坐摆渡才能到外滩，中午就在市区四周活动，很是辛苦。

决定放弃看大字报、抄大字报的第二天一早，"老高"漫不经心地问我不看大字报后有什么想法。这是"老高"第一次向我"讨教"，当时我兴奋极了，把我知道的城隍庙、提篮桥、南京路、大世界、豫园、上海老街、名人聚居的多伦路……一口气儿倒了个干净。其实这些记忆都是院子里的王妈妈讲的，她的娘家就在上海。我只顾讲得痛快，甚至忘了人家"老高"等人的年龄和阅历。能在自己的偶像旁边施展自己的那一点儿小才华，您知道我有多自豪吗？

那天的主要目标是南京路，虽然大家都没有多少钱，但大上海的轻工产品十分丰富，足够那些大孩子看花眼的。当时我兜里加起来不到 5 块钱，自然没有任何购物欲望，只是跟着他们瞎转而已。

当时上海的气温还是很高的，磨磨蹭蹭吃过午饭，已经快 3 点了。"老高"问我剩下的时间干什么，看来我上午的安排他还是满意的。于是，我抬着头小心地问他去游泳怎么样，他们 4 个一致同意了。

一眨眼儿，40 多年过去了，当时具体在哪一家游泳池游泳已记不得了，只记得距离外滩不是很远。他们几个到游泳池之后，按规矩存好衣服后纷纷下了水。我一身的行头加起来不过是一件短裤、一件短袖上衣，再有的就是内裤了，自己觉得去存衣服和取衣服很没有意义。于是我找了一个自以为安全的地方，把卷起来的衣服和短裤塞了进去。

大家游过瘾了，纷纷去取衣服、换衣服，我还洋洋得意地说："我省事吧。"等我把衣服穿好，手习惯地往裤兜里一摸，立马大叫不好！我的全部盘缠都没了——将近 5 块钱现金，还有 11 斤全国粮票！"老高"几个人换完衣服发现我还在原地打转儿，连忙问我发生了什么事情。听我说完经过，"老高"没好气地说："活该！谁让你小东西老耍小聪明，有多少钱呀？"我说完，他笑了："你拿这么几个钱就敢出门，真服了你了。回去吧，我们给你凑齐就是了。"

我坚持不回去，一定要找一个说理的地方。他生气了，说："你走丢了可别怪我！"我没听他的，一路打听着找到上海市人民政府，在市政府门前，我拿出北京胡同人告状的"套路"，大喊："你们上海人偷我的东西，有没有人管啊！"开始时没有人搭理我，我想他们可能把我当成了街头的"小瘪三"、"小赤佬"了。但架不住我不歇气地喊，终于传达室出来了一个年龄比较大的工作人员，听我讲了一遍经过，回去了。我自以为他会帮我，暂时没有接着喊"口号"。眼看着就到了下班的时间，我绝望地又大喊了起来。

　　这时，一个穿着很像领导的女人从办公楼里走了出来，我不管不顾地上前拽住她的胳膊，继续大喊我的"口号"，诉说我的"冤情"。传达室的工作人员出来拉我，被她制止了，她用上海话和那位年龄比较大的工作人员说了几句。不一会儿，又来了一个人，像是女干部的下属，他把我领进了传达室，问我一共丢了多少钱和粮票，我冒着胆子把数字翻了一番。

　　其后，他出去了一会儿，再进传达室时，把手里攥着的一把零钱和粮票放到了我手上，嘱咐我以后要小心就走了。可以看得出，那些钱和粮票一定是临时凑起来的。写到这里的时候猛然想起最近别人发给我的一个段子，大意是挂有"人民"二字招牌的地方，人民进出都会很难，唯一人民可以随便进出的地方只有人民医院，而人民又不愿意进出。抚今追昔，假如我今天依然去上海市人民政府，还是我当年的理由，会不会挨一顿乱棒真的很难说。

　　傍晚时分，我既兴奋又疲惫地返回住地时，看到"老高"在我们住地一公里之外的地方踱步。见到我，他狠狠地在我的肩头拍了一巴掌，对我的屁股使劲儿地踢了一脚，大吼了一声"国骂"，然后说："你他妈的知道几十个人都在四处找你吗?!"

"梦游"太平间

那日外滩维权的过程引起众位大哥哥的热捧，他们把我让到宿舍的床上，实际上是教室的稻草通铺上，用卧具帮我堆了一个坐起来很舒服的位置，听任我在那里穷摆活，中间还不时有人插话提问，着实让我狠狠地风光了一把。"老高"则盘腿坐在离我不远的地方，侧着身、眯着眼睛很享受地看着我，活像是在看他高徒的汇报演出。

不好说我的"政绩"作用大小，反正从那天以后我们的队伍中增加了两个成员——辽宁锦州一中的高三学生，他们主动叛离了他们7人的串联队伍。至今我的自知之明告诉我，那一定是"老高"的个人魅力的作用。但我可以肯定地说，维权的事情让"老高"更喜欢我了。

上海是我们串联整体行程中停留时间最长的一个城市。我认为有两个原因，一是开始时无端地浪费了几天，二是第二站去哪里没有思想准备。最后还是"老高"定夺去杭州，理由是"上有天堂，下有苏杭"。这样，杭州就成了我们串联的第二站。

杭州确实是一个堪比天堂的好地方，各种小吃不但好吃（上海的小吃口味儿偏甜），而且极其便宜，一碗馄饨6分钱，一笼包子1.2角钱，诸如此类随处尽可享用；可以玩的地方也是不用伸手就可以抓到一大把，市区郊区旅游景点信步可至；再加上街头小巷的吴侬软语，更是令人乐不思蜀。

尤其令我心仪的是住地农民傍晚收获水稻和捕捞鱼虾的情景。我们

135

这些"革命小将"游山玩水回到驻地,吃完不要钱的"接待餐"(那时全国各地都有红卫兵串联接待站,免费供餐),冲完凉散步时就可看到农民收工前的情景。

这时,正是夕阳西下时分,晚霞余晖尽染大地。远处或不远处的农民正在紧张地完成一天最后的劳作。江浙一带的农民似乎在男女着装上不大讲究,特别是在鱼塘捕鱼捞虾时,男女农民在一个鱼池里劳作,男人多数不穿裤子,而是在腰间围一条分辨不清颜色的似纱布、似棉布的物什,不知是不是为了干活方便。

收工时,女的农民穿着上衣,手伸到胸前搓挠着身上的泥垢,有的还让邻家大嫂或小姐妹帮忙搓搓后背;男人们则很放肆地解开那块布,站在接近胸部的水中一洗整日的疲劳,上岸前随手把那块布在腰部一缠,等出水时那块布自然地裹住了羞处。

特别是那些年龄不大不小的媳妇们,出水要更晚一些。她们在水塘中操着地道的吴侬软语,一边互相帮忙涤浊去污,一边聊着我们这些外来客听不懂的家常话,偶尔还会爆出一串儿爽朗的笑声……她们出水时,精湿的衣服衬托着成熟的身材,鱼塘边草丛中的蚊子也适时地"起航"了。在这些年龄不大不小的媳妇中,我还认识了一个一定要我喊她"姑姑"的人,有时她会在晚饭后给我送去一点儿她们家的晚餐,或是她家里自产的水果。

今天回忆起来,串联接近半年时间,其中在杭州的住宿条件是最差的,农村中学的一栋二层教室就是我们300多人的宿舍,而且厕所还是个远离宿舍的旱厕所,味道实在是令人作呕,但是,串联给我留下最深刻、最美好印象的竟是杭州。"老高"总是戏弄我,说是因为认了一个"姑姑"。

那时的人大都比较规矩,尽管厕所只有一个,而且远离宿舍,还是恶气冲天的旱厕所,但是大家还是能自觉地如厕,很少有随地"解决问题"的现象。

一日夜里,因为吃多了"姑姑"送的西瓜,半夜去厕所小解。憋醒时已是很急,加之厕所又远,只得很艰难地向厕所挪去……等我再醒来时,已经距离一家医院的太平间不足 10 米。

是串联的一个外地学生半夜去厕所时发现我的。他说当时我距离厕所不过几米,人倒在小路边的冬青树下,不省人事,短裤湿湿的。这位学生赶紧喊醒他的 3 个同伴,急忙找了一辆平板车把我送到附近稍微大一些的医院。在医院大门口问传达室的工友,被告知急诊室门口有个红灯。可能一是着急,二是人生地不熟,再加上半夜迷迷糊糊没睡醒,他们竟沿着一条小路稀里糊涂地走向了也有红灯的太平间。

很有可能是太平间阴气太重把我吓醒了,也有可能是他们讨论方位的声音太大惊醒了我,或者这时我已经脱离了危险,自己苏醒了,反正我险些与太平间握手。

等找到急诊室时,我已经可以说清楚大概了,只是已经尿湿的短裤让我很尴尬。急诊室值班的是一位老医生,问了问我家族里是否也有人得过此病,最后告诉我的症状是"尿晕厥",今后千万不要憋尿,还告诉我小解的时候最好扶住一些东西。

那时人小不懂事,回去从没有与家里的大人提及此事。多年后,我的大哥在中央党校学习时,因同样的原因摔倒在厕所里,为此还做了一次开颅手术。虽然抢救还算及时,手术也比较成功,没有留下很严重的后遗症,但我每每想起此事,总是很内疚。假如那时我把此事告诉家人,大哥会不会躲过此难呢?

巧占乘务室

广州是我们串联的第三站。此时大约是 1969 年 10 月下旬，全国的"革命大串联"已经进入高潮，长途汽车、火车、客轮到处是人的世界，尤以火车为甚。

我们登上火车后，放眼一看顿时就晕了。定员 110 人左右的硬座车厢，最少塞了 300 人。过道是人，车厢衔接口是人，行李架上也是人。你坐下了就别想起来，起来你就再不要想坐下。很多人说近些年来春运民工潮怎么苦、怎么难，但我敢肯定地说当年大串联的阵势比现在更甚。现在还要强调定员多少，安全运行，保证供水，当年可没人管这些事儿，而且红卫兵是"大爷"，你不让谁上车都是天大的罪过。

启程去广州时，离我"梦游"太平间没过几天。这时，多了一件宝贝与我的盘缠在一起——医院急诊诊断书，以备不时之需。看到车厢的窘况，"老高"先看了我一眼，我会意地拍了拍短裤的裤兜。我想他一定是想利用我的诊断书，解决南下一路的拥挤问题。他轻轻拍了一下我的后脑勺，露出了狡黠的笑容。一个月的零距离接触，我从"老高"那里得到了很多真传，很多时候他稍有表示，我不但已经心领神会，而且立马执行。这时，我更是他的"跟屁虫儿"了，不过这时的我已经或多或少地在发挥小参谋的功能，有的事情他更愿意与我探讨，而不想去搭理那几个人。

火车启程不久，"老高"带着我们一行 7 人，踩着座椅的椅背找到在七车厢办公席的列车长。见到列车长前，"老高"让另外两个同学扶着我，并让我装出一副痛苦的样子,他则拿着我的诊断书与列车长交涉。列车长一个劲儿强调车上人太多,没有一点儿办法好想,请"老高"一定要谅解,还说希望我们在下一站下车,最好换一辆人稍微少一些的列车(这绝对是废话)。"老高"假装做了一些妥协,提出了一个列车长可以接受的办法——借给我们一把开车门的钥匙,以便保证我能随时上厕所,因为我不能憋尿,这可是医生在医嘱上说的。

有的看官可能知道,火车上的车门钥匙与乘务员室和厕所钥匙都是同一把钥匙。也可能是列车长确实同情我的病情,亦或是"老高"的身高有超强的威慑力,列车长的身高不会超过一米七,再有可能是我们一行7人,人多势众,列车长从他的腰上解下一把车门钥匙,对"老高"反复交代不许开车门,只许开厕所门。

"老高"拿到车钥匙的瞬间,我在他的眼中看到了一种胜利者的骄傲。当时我真的毫不以为然,心说拿个破厕所钥匙有什么了不起。"老高"带着我们一行人依旧踩着椅背离开办公席,而且一路踩到二车厢时才停下来。

但他接下来的动作让我知道了"老高"的套路,更知道了"老高"就是"高"!只见他拿出列车长交给他的钥匙,轻松地打开了二车厢乘务员室的门,挥手让我们走进乘务员室。进去后,锦州一中的那两个高三学生带头喊开了"乌拉"!他们已经明白,"老高"早就侦察好了每个车厢的乘务员室都是空的。因为乘务员在如此超员的情况下,是根本不能履行职能的,所以早都集中在乘务员车厢待命,只剩下了"以防万一"的功能。

这样,我们就比其他串联的学生有了相对更多的空间。我们正准备隆重地感谢"老高"这个功臣时,而他却迅速地解开了一个行李包,用行李绳把乘务员室的门把手缠好绕紧,用一件衣服挡住了乘务员室的玻璃窗口后,这才长长地出了一口气。"老高"一连串儿的动作真的让我看呆了,同时也深深地刻在了我的心里。

如此一来,我们一行就有了一方天地,吃喝拉撒可以在将近7平方公尺的地方随时解决。老一点儿的看官可能记得,当年火车上有一种厚厚的厚瓷杯,而这种杯子就保存在乘务员室。停车时,我们可以从窗口买食品及解渴之物,"出口"问题则全靠这些杯子,虽不能取之不尽,但一路上基本还是够用……

我们就是在这种艰难困苦的情况下熬到了广州。一路上,列车长不止一次地敲门,外面的串联学生也多次请求让我们开门通通风,但都被"老高"断然拒绝。他说:"你可怜他,谁会可怜我们!"

羊城到了。在那里,我们度过了"辉煌"而愉快的一段时光……

"国骂"终结羊城

刚到广州的时候,我记得住地在中山五路的一所中学,校名确实记不得了。唉,毕竟是 45 年前的往事了。

在我们所住的那所中学,不知什么原因,北京的"串联"学生很少,所以我们这些北京的学生受到了特别的优待。我们的宿舍是这所中学原校长的办公室,里外两间,外大里小。我沾"老高"赏识的光,和"老高"与锦州一中一个姓戴的学生住外间,其他 4 人住在里间。床是用没有坡度的那种课桌拼起来的,看起来很硬,但铺得比较厚,睡起来还是很舒服的。

我们一行抵达该校时已经快晚上 9 点,接待我们入住的是一个个头不高、脸圆乎乎的中学生,如无记错应该姓李。他喜欢说话,也很热情。他先是主动地把晚饭送到我们宿舍,张罗着我们吃晚饭,然后,他又找来香皂、毛巾,安排我们在宿舍里冲凉。等他要离开的时候,大家看起来已经熟悉得像是一家人。分手前,他一再交代我们明天不要去食堂,他负责把早饭给我们送到宿舍。

从杭州到广州现在需要多少时间,众所周知,但我们的那列火车竟跑了三天四夜(可见当时铁路运行状况之混乱)。当年正点的客车从上海到乌鲁木齐的全程时间也不过如此。李姓同学走时大家已经抬不起眼皮,他说第二天送早餐,大家也就顺口答应了。

第二天一早,我们一行人还在梦中的时候,就听着小李大呼小叫地喊大家起床吃早饭。大家一路辛苦疲劳未解,迷迷糊糊地起身与小李搭讪。万万没想到的是，大家听到他的第一句话竟是广州普通话："操你妈，大家早上好！""老高"我们3人愣了，想必睡在里面的4个人也愣了，要不然"老高"的一个同学怎么会说："你小丫挺的说什么呢！"还是"老高"反应机敏，主动地回了一句："操你妈，早上好！"小李又兴冲冲地说了一句"操你妈，大家早上都好！"吃早点的时候小李不在，"老高"对小李的"国骂"做了一番让大家心服口服的解释。

"文化大革命"时，北京"革命小将"的口头语绝对是糙得一塌糊涂，满嘴脏字，"国骂"更是随时挂嘴边儿。有这样一个典型的例子可以证明当时语言被污染的程度。一对父子谈话，父亲批评儿子不能随便骂人。儿子瞪着眼答："你他妈的说谁他妈的骂人了！"父亲说："你看你刚骂完。"儿子又说："你他妈的说谁他妈的刚骂完呀！"父亲无语，手指着儿子气得直哆嗦。儿子接着说："你看你丫那傻逼德性样儿，连他妈一句完整话都不会说，我操你妈的……"

"老高"说，很有可能小李听到我们一行人对话时"国骂"连篇，以为是一句好话，所以一大早就现学现卖。不然的话，人家凭什么一大早儿就大骂所有的人呢？"老高"的解释在小李来收拾房间卫生的时候得到了证实。

因为早上第一个与他对话的是"老高"，他很认真地向老高请教"国骂"的意思。幸亏是"老高"反应得快，他说"国骂"是你好的意思。当时，我觉得他的解释不对劲儿。等闲下来再一想，人家毕竟是高三的学生，就是你好的意思，既合情又合理。

小李和我们这些人无厘头地缘分颇深，从我们入住那一天开始，只要我们不出校门，肯定一日三餐由小李送到我们的宿舍，而且毫无怨言。这还不算，永远地一进门就是："操你妈，大家早上好（或中午好、晚上好）。"弄得大家只能回答："操你妈，早上好（或中午好、晚上好）。"

最后,还是"老高"想了一个好办法,解决了彼此对骂的尴尬——他要求我们不论早晚见到小李后,只简单地说:"小李你好。"而且要求我们相互之间聊天时尽量减少"国骂"等脏字,即便小李带出"国骂"字眼儿,也一定必须以礼貌用语应对。

我们在小李的学校住了八天,在"老高"的管束下,我们的语言纯洁状况立马得以改善。小李见我们嘴里的"零碎儿"少了,也很快地恢复到初见我们时的语言习惯。

说实话,我的家教是不允许说话带脏字的。一场"文化大革命",真是大革了"文化的命"。好在中途遇到了"老高",不感谢别的,最起码他让我结束了偶尔想说脏话过过瘾的恶习……

注水的"流血事件"

在羊城那所中学与小李相互"国骂"的日子里,圆脸的小李和我们结下了深厚的友谊。人生中短短的七八天时间,说起来远远不及沧海一粟,可我们待小李,或者说小李待我们真的如同亲兄弟一般,包括"老高"在内。现在年龄大了,才知道人与人的感情需要一定的接触和理解甚至相互付出,才可能成为熟人、哥们儿、挚友甚至托孤,这或许就是"物质决定精神的原则"。

实话实说,人家小李对我们这帮哥们儿的付出,那可真是120%。不仅仅为我们打饭提水,问寒问暖,还主动带我们到住地周边的景点去玩儿。

在一次去黄花岗烈士陵园参观时,我们偶尔遇到了一起外地串联学生和当地学生发生的争执。事情不大,但是双方都很不理智,从口水战很快升级到肢体接触,再后来就是利用能延伸肢体的树枝、砖头类展开群殴。那时的学生其实还是很规矩的,即便"战场"的场面看起来很是宏大,但其战果根本不值一提。数十人的一场战斗,经过清理大约不足10人有鼻青脸肿的迹象,真正面部"挂花"者仅四五人,依伤口形状分析不像砖头所致,而更像是树枝类的"武器"划伤。

战斗因何结束的,印象不深了,只记得参战双方是握手后分手的。我当时的第一感觉是时间太短,场面不够刺激,特别是看到双方最后竟然握手言和,甚为遗憾。其实我可是喜欢看热闹的人。

在我正准备扭身离开战场时,看到"老高"向那帮外地学生走去。我很纳闷儿,赶快和其他几人跟了过去。"老高"过去后,寥寥数语就把这些外地学生的"地域仇恨"煽动到了极致。这些外地学生以天津的为主,因为与北京的接壤原因,几句话就把大家团结在了"老高"的手下。

几乎在瞬间,"老高"就凭借他的领袖才能从对方的人群里挑选出了3个"带头"人物,并马上召开了一个"七人小组会议"。对方3人,我方4人("老高"、他的一个同学、锦州一中的老戴外加我这个"跟屁虫儿")。会议的主要内容是立即成立一个以时间为代号的"流血事件指挥部",指挥部的工作内容是严惩凶手,维护外地串联学生的合法权益(此说法当时没有),并对具体的工作进行了大致分工……一连串的工作布置,一气呵成的睿智表现,不但我晕了、服了,在场的另外几位也是目瞪口呆。天津的一个像是"老大"的学生,可能是因为激动或是"历史原因",结结巴巴地说:"大哥!—……一切都听你的调……调遣……"

再下来的动作,就更展现了"老高"的智慧和导演能力。他让天津的一个学生带领伤员到附近的医院去包扎伤口,并嘱咐一定要多用红药水,看到只有两个伤员,把我也临时编进伤员系列,包扎部位是头部。给锦州一中老戴的任务是现场募捐,募集款一部分用来医院支出,更多是制作大横幅。有一副的内容至今我还记得,"严惩凶手,还我尊严!"颇具号召力和战斗力。

等一切就绪,几十人再从黄花岗烈士陵园挺举横幅、高呼口号,簇拥着担架上的"伤员",一路走向广东省政府的时候,我想张艺谋、冯小刚等见到都会遗憾忘记携带摄像设备。

这支队伍是下午下班时抵达省政府大门口的。当时并没有引起更大的轰动效应,可是,晚饭后看热闹的人越来越多,声势也越来越大。当晚9点左右,有几个领导模样的人来到现场。这些人也不是吃素的,一眼就发现了"带头闹事"的骨干成员。可能他们感觉现场太乱,很难解决实际问题,提出和学生代表到办公室交换意见。这时不知人群里是谁大喊了一声:"我们要尊严!我们要吃饭!"

各位看官可能有所不知,人的从众心理真的是不得了。这一句看似无聊的喊话竟引来一片口号声:"我们要尊严!我们要吃饭!"而且此起彼伏。这时,我隐约在"老高"的眼神里看到了得意,他搭在我肩上的大手也似乎是在暗示我做些什么。我闪进人群,在不同的地方带头喊了几次同样的口号后,回到了"老高"的身边。

他赞许的眼神令我非常得意。最后,问题是从先解决吃饭问题入手的。在交换意见时,省政府的一个领导要求学生代表立即解散队伍,相关的串联学生尽快返回住地,同时答应立即组织专门班子调查事实真相,一定妥善解决这个问题。为了进一步表达解决问题的诚意,这位领导还提出为了方便交换意见,当天晚上学生代表就被安排住在省政府招待所。

很有可能,就是这微薄的优惠条件打动了几位代表的心,亦或是他们本来就知道没什么大不了的事儿,闹下去也没什么好果子吃,反正就这样顺顺当当地就被"招安"了。

入住招待所后,我对"老高"们的做法颇为不满。他不轻不重地拍了一下我的后脑勺儿,很隐晦的说了一句:"你这个小傻逼,还想怎么着……"我不懂,也不解,只知道从此天天有专车专人陪我们四处游山玩水,谁也没有再提那件什么"流血事件"的大事儿……

走红军没走过的长征路

从进驻广东省政府招待所之后，再没有人说"流血事件"，也再没有人说重回原来的住地。表面上一切就像原来一样，就像我们在中山五路的学校一样。可实际上所有的一切一切，我觉得都被颠覆了。"国骂"没有了，取代的是彬彬有礼的请您这样、那样。简单的早餐不见了，换来的是什么早茶（我45年前就吃过早茶了）。无须顾虑蚊虫叮咬，带空调的房间床单被单一日一换。

没有了往日的喧嚣，没有了昔日的打闹，更没有了以前的团队组合："老高"甩掉了他另外两个同学，即使见面也毫无热情可言，我也知趣地保持距离。锦州一中的老戴索性不见他的另一个同学。天津的那3个学生更是觉得同闯天下的哥们儿为路人。那时我觉得很无聊，原来大家热热闹闹地在一起，虽然没有大块儿吃肉，大碗喝酒，但何等气派，何等潇洒，声名震耳，气吞山河，堂堂一届省政府也奈何不了我等（当然不是我的威力）……怎么一吃一喝，一游一玩儿之后竟然兄弟情分全无。当时，我真是兴味索然，也产生过叛离"老高"的念头，觉得"老高"贪图安逸、不思进取，为一己一时私利舍弃兄弟，根本不配我生死追随。

可转念一想，万一离开"老高"，我孤身一人又何去何从呢。无奈之下，只得屈居檐下苟且偷生。那一段时间虽然衣食无忧，且玩儿且乐，期间也支持过应届的广交会（实际上与我们毫不相干），也搞过类似今天的志愿者活动，内容是帮助黄兴的什么亲戚筹款治疗肝癌，还配合过第一批进入羊城将军的纪念展等,中间还去过今日的三亚(当时隶属广东省,叫崖县)等地方,可我始终提不起兴趣。我总觉得"老高"们被人家拉拢腐蚀了,当初的革命立场已经不坚定了。

要不是有一天"老高"兴冲冲地和我说他有了长征的安排,我已经准备回京去搞我的"革命"了。那时,我认为自己已经具备十足的经验,完全可以在京城的根据地展开一场令人瞩目的"革命"了。

听到他有长征的想法,而且走的是连红军都没有走过的长征路,我不由得再次进入想象的巅峰。知道他的大概思路后虽然很是泄气,但好玩儿的念头又征服了我。

"老高"的具体想法是组织29个省、市、自治区的串联学生代表,从广州出发,沿京广铁路线一路步行到北京,目的是让当时的年轻人在比较好的条件下长征,从而领悟当年红军长征有多么艰难。这个创意如果放在今天,如果以某企业冠名,据我的经验和测算,绝对是只赢不亏。

确实如此,即便在当时,"老高"的创意一经传播,很快就有大批的人马纷纷到省委招待所联系有关长征的事宜。一时间,我们的住地整日车水马龙,热闹非凡。可没两天负责安排我们食宿的干部就登门了,但她听"老高"介绍了大概情况后,一言未发,走了。

第二天她再上门时,笑容十分灿烂。她说她的领导认为我们的想法好极了,并安排她协助我们做好出发前的准备工作。"老高"很认真地提出了长征队员一路的基本伙食费用,统一配备服装、红十字箱,印制长征大旗、袖标,张贴长征宣言等问题。"老高"不停地说,那个干部认真地记。

第三天午饭前,"老高"布置的一切全部落实。当天下午"老高"组织临时任命的5个"分队长"召开了长征前的第一次会议,我们7人被编为第一分队。会议决定长征队伍第二天上午9点在黄花岗烈士陵园宣誓后出发,"老高"为总队的政委兼司令,负责全面工作,锦州一中的老戴为副司令,天津的一个学生为副政委,给我的职务是总司令副官兼传令官(实际上就是跟班儿)……

第二天上午,省里还去了几个不知道官衔的干部欢送。大家在"老高"率领下,集体宣誓后,一彪人马(30多人)浩浩荡荡地走上了红军都没有走过的长征路。

这次长征的结果,我想老一些的看官肯定早就猜到了。事实上是队伍出发第三天就首尾互不相干,反正走到哪里都有人管吃、管喝、管住。我很是不理解,提出让"老高"加强领导,可他厉声不许我多嘴。后来知道了,这正中他的下怀。

我们 7 人还算整齐,携手走到了韶关。到韶关第二天,"老高"说他老胃病复发了,想坐火车回北京,问大家下一步决定怎么办。天下没有不散的宴席,于是,共同登上了回京的火车。

到北京后,老戴悄悄地告诉我,绝大多数的伙食费都被"老高"私吞了。

没死在外面更要挨打

我们一行人到北京时，时令已经进入腊月。我把锦州一中的老戴安排在我们学校后，兴冲冲地急忙往家赶。

原来上学时觉得放学的路很远，总会惹出这样那样的、大大小小的故事，可串联回到北京后突然觉得北京小了许多，从校门到家门只用了几分钟。我长大了，我们一起串联的一行人都长大了。

跨进曾经可以捉迷藏的院子，一眼就看到刚从南屋出门的妈妈。可没等我张开口喊妈妈，妈妈已经回头返回南屋。我懵了，莫非几个月外出，我已经长得连妈妈都认不出来了。正在瞎琢磨，看见妈妈手里拿着个扫帚疙瘩直奔我冲来，嘴里还一个劲儿说："你个死孩子还知道回家呀！你怎么不死在外面！我打死你这个死孩子……"一边打，一边骂，一边哭……

听到妈妈的骂声，听到妈妈的哭声，我的心碎了，站在那里一动不动，任由妈妈一边打，一边骂，一边哭……说起来，我真是个彻头彻尾的"死孩子"，从 1966 年的 9 月 17 日离开北京，眨眼已是 1967 年的 2 月 1 日。期间我没有给家里写过一个字的信，更不要说电报或电话。院子里出去串联的大孩子早都回"窝"了，只剩下我一个最小的还在外面漂泊。这中间，妈妈听到过无数次无意的传说，如某地铁路隧道塌方死伤多少人，某学校学生去少数民族地区因语言不通和当地农民械斗，某学生因没钱到云南边境参与贩毒诸如此类，哪一个传说不是射向妈妈心头的毒箭。今天，这个"死孩子"终于"死"回来了，她能不打、不骂、不哭嘛。

打完了,妈妈把我拉进客厅,让我在客厅中间把所有的衣服脱光,因为我哥哥姐姐回家时带回一身的虱子,脏得要命。等她抱起我的衣服要放到室外冷冻处理时,妈妈发现我里外的衣服上居然没有一个虱子的影子,而且衬衣内裤洗得很干净。这才想起问我衣服是哪里来的,为什么会没有虱子。我一一回答了妈妈。妈妈没说话,接着把身子转了过去。看见她的肩膀在不停地抖动,我知道妈妈又哭了,连忙一个劲儿地承认错误。

在城市久居的看官见过虱子的可能不多,我在串联前也对虱子一无所知。到上海没几天,就曾听到有人说过虱子的事儿。开始时没有介意,后来多嘴问了一句,才知道整日让我周身奇痒的竟是与庞然大物狮子同音的碎东西,说它碎东西是它连小都不够规格。此物不能形容,一旦说起来,你纵然从来没见过,保证你会浑身奇痒无比。

看过我前面有关串联小文的看官,不知是否还记得哥们儿我离京时候的着装是"三个一"——一件短袖衫、一条短裤、一件内裤,连个洗换的余地都没有。知道了这个庞然碎物后,我恨不得把它们全烧了才解气。可惜囊中羞涩,只能穷将就。洗内裤时,穿外面的短裤,同时洗短袖衫;洗短裤时,穿内裤和短袖衫遮丑。如此几日,还是不能对付那些要命的碎物。后来听说有一种叫"灭虱笔"的东西,1.3角钱一支,像粉笔一般模样。您还别说,那玩意儿还真灵!涂到哪里,哪里的碎物就一扫而光。从此,我们几个人不管走到哪里,这样的笔就跟随我们走到哪里。

至于衣服的问题,"老高"身上揣着几十人的伙食费,自然不敢亏待我们一行人,他的衣着变化就是我们的标本。随着天气温度的变化,大家自然"与时俱进"(这也是当年没有的名词儿)。

回到家的第三天,我去学校看望老戴。可能是京城冬季风大寒冷,也可能是他一人寂寞难耐,更可能他也在想念自己的父母,他几次劝我到他的家乡看一看,还说毛主席的著作里都提过锦州的苹果。虽然想到了刚向妈妈认过错,可再一想老戴一人回家会很孤单,我没问妈妈的意见就答应了他。为了证明我的诚意,当天晚上我陪他住在学校。第二天一早我回家对妈妈说,这几天要留校陪一个外地的同学。妈妈叹了口气,同意了。

就这样,年关将至,我又陪老戴去了一趟锦州,顺便去了营口、大连,然后从大连坐船到天津。到了天津后,我还去红卫兵接待站看了一眼。接待站的人用一口浓厚的天津腔说:"孩子,没听到周总理暂停串联的指示吗?! 还折腾哪?"

我只得灰溜溜地找到天津火车站,搭上一辆到北京的火车,到家时已是 1967 年的除夕夜。这一年全国第一次春节不放假,中央要求"全国人民过一个革命化的春节"。

我进门时,迎接我的是妈妈幽怨的眼光,还有爸爸那张"老阴天"的脸。

赌气闪离"革命生涯"

1967 年年初,虽然中央提倡全国人民"过一个革命化的春节",同时春节不放假,但实际上只是国家干部在单位读报纸、闹革命,工人叔叔挥汗如雨炼钢铁,南方的农民伯伯插秧种菜,北方的农民伯伯则一镐一个白印儿修梯田,而更多的大、中、小学生还是在家一如既往地安度春节。说安度是因为没有什么值得欢度的因素。

大年初三吃晚饭时,妈妈把我叫到"老阴天"父亲的饭桌边。那两天我大门不出,二门不迈,犯错误的机会都没有。万万没想到的是那一天的"老阴天"竟面带微笑,我一时猜不出他老人家葫芦里装的是什么药,更是心焦。他指了一下旁边的凳子,示意我坐下。在"老阴天"面前,我们家的孩子是不允许坐椅子的。

当时,他已经吃完晚饭,看样子有和我长谈的意思。这可是从来没有过的"大动作"。他的脚泡在妈妈端来的洗脚盆里,很休闲地点燃了一根烟,虽然没痰但假装咳嗽了一声,可能他在机关也这样儿(怪招人烦的)。他说今天早上路过我们学校的时候,看到了大门上的一张告示,内容是由于我不负责任甩下红小兵组织,私自外出串联长达几个月,给组织造成了巨大的损失,经领导集体研究决定从即日起立即开除我,限 3 日内交回全部盖有公章的空白介绍信(肯定是那个"官迷"告的密)。今后我个人的言行与该组织毫无关系。

说完上述,没等我做一个字的解释,他接着说这不是一件坏事,而是一件大好事,好就好在今后我不能再以什么狗屁组织为借口瞎胡来。他还说学生不可能永远串联和"闹革命",学生的第一任务就是学习。这时,我大哥进来了。他对我大哥说:"刚才已经给你说过了,你负责给他们找一些以前的课本,能跟上几年级的就读几年级的书。从明天开始,再也不能这样吃饱混天黑了。"如此看来,"老阴天"和大哥是早有预谋的。我临出门时,"老阴天"还追着说了一句:"再让我看到你胡来,小心你的手心!"

说实话,即便我们学校的那几块"料"不开什么会研究开除我,我也不想和他们继续在一起。串联回京后我与他们没有一点儿久别重逢的激动,甚至连搭话的情绪都没有。假如他们能有一个像样的人和我坐下来谈一谈,委婉地劝我离开这个我曾付出很多的组织,我一定会欣然接受的。

仅仅几个月的分离,我已经和他们格格不入了,觉得他们像一帮小屁孩儿,虽然我比他们都要小。我肯定能接受劝退,但我坚决不能面对开除,而且是贴出公告开除。这完全触犯了我的底线——士可杀而不可辱!

我向大哥请了一周的假,说是要料理一下组织的善后工作。大哥点头同意了。

当时我们学校的红卫兵组织模式完全是照搬"老高"的模式:所有成员的家庭必须是两代工人、三代赤贫,革干(革命干部)或军干(军队干部)更好,所以能进入组织的人员一共才19个人,最后进入"领导班子"的只有5人。

当时关于出身的理论是"有成分论,不唯成分论,重在政治表现"。当时我为了耍牛逼,一个一个地清理,连手工业、个体工商业者的子女都拒之门外。正所谓福祸相倚,当年被我坚决拒之门外的绝大多数的"重在政治表现"的同学,瞬间又都成为了我的同盟军。

那时成立红卫兵组织根本不需要什么报批手续,只要有人敢牵头就行。我先是找到几个开始时写血书要参加红卫兵组织的骨干分子,告诉他们我准备成立另外一个红卫兵组织,名称叫"毛泽东思想红卫兵"。第一要区别原来的组织"红卫兵战斗队",第二要体现我们是忠于"毛泽东思想"的红卫兵组织,更主要的是暗示第一个组织没有"忠于"毛泽东思想,毛主席是主张"有成分论,不唯成分论,重在政治表现"的,其次是原来的红卫兵组织只接受六年级的学生,而我的新组织扩大到四年级的同学,并在此基础上召开了第一次会议。

第一次会议开得相当成功,那几个写血书的同学不但一点儿不与我计较前嫌,而且一致表示坚决服从我的一切安排。这次会议上,"老高"的灵魂完全附在我的身上,简直是广东"流血事件"的翻版。与会者认真地记录我的一项项"指示",眼神里充满了无限的崇拜。

我向大哥请假的第四天中午,公章、组织大旗、袖章、空白介绍信、电工工具、大字报白纸、墨汁、毛笔等,可以说齐全得不能再齐全。您想想,四年级到六年级的学生远远超过五六百人,从中选出 200 名"政治表现好"的同学岂不是小菜一碟,加之这些同学被我原来的组织压抑了大半年,一旦有机会翻身怎能不爆发出惊人的能量。说白了,他们惊人的力量不过是爸爸单位能刻公章,立马领命交差;妈妈在印刷厂工作,催着妈妈连夜印刷;实在没能力的,他们可以结伙连夜去撕第一个组织的大字报,以表忠心……

第四天晚饭后,我组织了一个 8 人的领导小组会议(其中包括我)。会议日程如下:一、第二天上午 9 点,所有参加组织的 210 人在学校门口集合宣誓;二、9 点 45 分进入学校大门,设立"毛泽东思想红卫兵"指挥部;三、10 点整,指挥部的广播室全文播放"毛泽东思想红卫兵"组织成立的宣言;四、当日起,"毛泽东思想红卫兵"组织每天不得少于 50 人在

155

校值班;五、把公章交给六年级二班的吕小轩,接公章时,他有点儿犹豫,他是我们六年级学习成绩前三名之一,他的父亲当时是教育部一位正在倒霉的领导干部。

次日,一切进展如之前的安排。当听到"毛泽东思想红卫兵"组织成立的宣言洪亮播出后,站在校外大门口侧面的我掩面而去……

插队印象

CHA DUI YIN XIANG

"老阴天"的罕见柔情

离开学校的红卫兵组织后，有好一段时间我的情绪十分低落，干什么都提不起精神，也想不起来干什么。大概半年之后，中央号召学生"复课闹革命"。于是，从中学开始，类似我们这帮小学生直接就近入学，大多数老师就是应届的高三毕业生，因为很多老师还没有被"解放"，课本是人手一册的《毛主席语录》。

刚开课的前几周，给我们上课的高三学生因为不是一个派别的，上课时连《毛主席语录》都懒得给我们读，只是拼命地批判对立面如何反动，如何远离毛泽东思想。

这种情况大概持续到 1968 年的下半年，上山下乡逐步成为红卫兵运动的转型，当年 12 月 22 日，毛主席一声令下："知识青年到农村去。"一场轰轰烈烈的上山下乡运动瞬间席卷全国。这场运动涉及百万学生、几百万家庭。

我没有任何先知先觉，我看到的和我能理解到的是，上山下乡是今后学生的必经之路。于是在毛老人家的指示发布不到十天，我就从家里拿出户口本，到居住地派出所注销了自己的户口。

我注销户口时，正是轰轰烈烈的时刻，户籍警并没有多注意什么。很可能是他下班后发现有我这样一个不在注销之列的人口，第二天上午就到我们学校反映此事。

当时学校有"工宣队"，全称是工人阶级毛泽东思想宣传队；"军宣队",全称是解放军毛泽东思想宣传队。两队的任务虽各有侧重,但突然遇到此事颇感意外。我从注销户口的那一天起,就不再去学校点卯。两队的领导和校方的领导找到我家,妈妈才知道我干出了这么出格的事。

家里的大事从来是爸爸做主的,听到我的作为后,一向做主的他居然问妈妈:"这事你说怎么办?"妈妈无奈地说:"这么大的事,你……"爸爸用我从没听过的语气问我:"你是怎么想起下乡这回事的?""迟早都要下,早下晚不下。"听完我的话,他半天一语未发,最后说了一句:"你先睡觉吧。"

第二天上午,我的老师(高三应届的学生)、同学、邻居都跑到我家,劝我还是先把户口重新注册,等学校统一安排后再说。这都是"两队"领导说过的话的翻版。我还是老话:"迟早都要下,早下晚不下。"然后,再不发一言。

1969 年 1 月 9 日是我们这批下乡青年离开北京的日子。我坚持不再重新注册户口,同时也不去学校上课。学校急,我家里更急。最后只得顺着我的想法准备行囊。

一眨眼儿,1 月 8 日到了。之前,我没有去过任何一个同学、好友那里道别。自己莫名其妙地感觉很别扭,生怕道别会让人家误解自己是上山下乡的"先驱"。同时也没有关心家里给我的行囊里装了什么,心里还想着串联时"三个一"的行头。一连几天,我双手插在裤兜里漫无目的地瞎转,活像一个街头的二流子。

那天晚上,我像往日一样到点儿就倒在床上,其实,心里也是惶惶的。懵懵懂懂、似睡非睡的时候听到门开了,能听出是爸爸和妈妈进屋了。我虽然已经完全醒了,但不想睁开眼睛,不知道应该和爸爸和妈妈说些什么,索性假装睡着了。

　　那时，我自己睡一个双人床，人小只能睡在中间。感觉到爸爸和妈妈分别坐在我的床边，爸爸离我的头部更近些。妈妈轻声说："让他睡吧，明天还要坐火车呢。"好一会儿没听到爸爸说话，只感觉到一只暖暖的大手放到了我的额头，摩挲着、摩挲着，又过了好一会儿听到爸爸好似叹息的一句话："这么小，就……"我不敢说爸爸流泪了，因为我没看到，但我明显地感觉到爸爸伤心了。我很少看见过他的笑脸，更没有见过他伤感的时候，他在我的心里从来就是一个铁血男人，除了工作没有其他。可此时我只能忍着、憋着，一直等到他们离开，我才把头蒙在被子里痛快地哭了一场。

　　那一刻，我才知道，我狗屁都不是，其实我并不想离开学校，更不想离开妈妈，也离不开"老阴天"的爸爸。

161

驴婴之殇

1969 年 1 月 9 日上午 9 点左右,一列客车停靠在北京车站的第一站台,呼哧呼哧地运气,很不情愿地准备着把千余名"革命青年"运送到革命圣地——延安,让这批"革命青年"远离家乡,在广阔天地接受贫下中农的"革命的再教育"。

当年,只有外省省会直达北京或北京直发外省省会的列车是可以停靠在第一站台的。"知识青年到农村去,接受贫下中农的再教育"在当年是第一政治任务,想当然地停靠在第一站台。现在回想起来,第一站台的好处无非是单面站台,面积宽大一些,可以容下更多的"知识青年"的家属送行,除此无他。事实也证实,等你再回来的时候,别说第一站台,没票出站非给你丫返送无疑。

这是后话暂且不提,但当时出征的场面还是十二万分的感人:嘹亮的《毛主席语录》歌曲无情地稀释着浓浓的离愁别绪。一条条写满壮怀激烈口号的横幅布满站台的梁柱之间。站台上站满了送行的亲朋好友,男人们假装豪气地握手话别、拍着肩膀、学着老外一样的拥抱。女人们则弱一些,年长者无声地流着泪靠在晚辈的肩膀上;同龄人虚握着对方的手,眼睛里噙满泪花;还有的在不远处踮着脚看着即将离别的他,使劲儿地咬着手帕……

一声撕心裂肺的汽笛声,把所有人的低泣顿时"拔"成了高音——"儿子,来信!""大哥,保重!""别忘了我,等你!"……列车吃力地起步了,越走越快,越走越快,站台上送行的人似乎有千里眼,列车都拐弯了,还在挥手,还在说着保重……

　　几日鞍马劳顿后,1 月 15 日,我们公社的 151 名"革命青年"被老区的贫下中农敲着腰鼓、扭着秧歌迎接到了知青点。

　　您都不知道这些掌权的人怎么想的,寒冬腊月北风寒,"革命的贫下中农"都在家里的热炕头猫冬,您让这些"知识青年"怎么向老区的贫下中农学习,又能学习什么呢?

　　别的没法学,烧土炕、挑水、做饭是必修课。第二天一早,一个自称叫"白干妈"(北京话,白大妈的意思)的人主动进了我们的窑洞。过了一会儿,一个叫张希旺的人也来了。"白干妈"叫他张书记,他是我们大队革委会的副主任,过去大家叫他书记,当时老百姓不愿意改口。书记说,全村的老乡们都很欢迎我们这些北京毛主席身边来的"后生"(陕北方言,晚辈的意思),原来想派几个贫下中农的代表看看大家,可是下雪了,开春以后再说吧。又说,秋收前的粮食都在地上摆着呢,白干妈先带我们三五天,以后你们就要学着自己做饭了。

　　没等大家提问,张书记转身走了。剩下的一大堆问题只能问"白干妈"了。"白干妈"的男人是生产组长,让他的老婆帮我们做饭是他的"特权",每天可以挣 8 个工分。她告诉我们,窑洞地下堆的粮食是我们 6 个人吃到秋收的全部口粮。她指了一个陶制的容器说,那里是我们所有的食用油(大约 20 斤)。没等她走,我们 6 个人全晕菜了。

　　我天生就是一个不怕没吃、不怕没穿的人,不但没有危机感,好像还就盼着没吃没喝的那一天。第二天一早,他们几个大孩子还在赖床的时候,我已顺着雪中的一条小路,无聊地走向一个不知去处的地方。

　　据当地的百姓讲,迎接京城"知识青年"的这场大雪,是当地十几年来罕见的一场大雪,落雪最厚的地方足有 20 多厘米。如果不是必须要到山下挑水度日,当地的农民完全可以整月地"猫"在家里不用出门——那绝对是十分惬意的一件事。

站在半山腰,放眼望去,毛主席老人家的《沁园春·雪》顿时浮现在脑海。"北国风光,千里冰封,万里雪飘……山舞银蛇,原驰蜡象……"但见周围的大山银装素裹,一颗颗大树活像一个个硕大的蘑菇,你的心里就是装满烦恼忧愁,此刻也会一扫而光。当时空气中的负氧离子十分充沛,令人不敢大口地呼吸,小路旁边洁白的、厚重的积雪让你不忍践踏。

走下山坡,我沿着一条小溪旁边稍微宽些的路信步前行。这条小路就是我们此后两年内不知走过多少次的路——它直通生产队队部,也是村民集中居住的地方。我们的住地与此相隔一里多路。

快到队部的时候,一个鲜活的动物令我眼前一亮,准确地说是一头小毛驴。这头小毛驴太可爱了,一身灰灰的绒毛,黑黑的眼圈儿,鼻梁有点儿白,个头不会超过两尺。乍看起来就像当今的绒布玩具,一个设计一流、制作逼真的绒布小毛驴儿。

它站在路边的雪里,由于白雪的映衬,显得更加可爱。我把它从路边的雪中拖出来,它一点儿也不认生,用它柔软的、温湿的舌头轻轻地舔着我的手心。我掸掉它腿上的白雪,索性蹲在那儿跟它玩了起来了。

动物真是人类的朋友,这不,没一会儿,它已经开始跟我起腻了:它先是用它的头蹭我的脸,这也很舒服,继而用它的舌头舔我的脸。让它舔手是我主动的,我也能欣然接受,可它一舔到脸上,就有了另一种的感觉,黏黏的、腻腻的,很是不舒服。

我有点儿烦了,腿也蹲麻了。也真奇怪,起身后再看这头小毛驴时,突然没有了刚才的那种可爱和心疼的感觉。当我离开它几步,回头再看它时，竟突然萌发出骑它一下的想法。我虽然知道它很小，可这个念头更为强烈。于是，我在内心劝说自己只能是轻轻地骑它一下，而且绝对不用力。于是，我再一次向它走去，它用很热情的眼神迎接着我。

我先是跨在它的身上，然后慢慢地接触它的脊背，再然后一点儿一点儿给它增加重量，还没等我给它更多重量的时候，它突然跪在了雪地上。我用力地把它扶起来，它又跪在雪地上。几番努力，结果都是一样。我害怕了，继续溜达的念头也不知飞往何处，逃也似的回到了我们的窑洞。

傍晚时分，"白干妈"把那头小毛驴的尸体丢在我们的窑洞外面。顿时，我被吓得魂飞魄散。没想到"白干妈"竟轻松地说，这头驴驹子刚出生不到一个月，自己瞎跑给冻死了，村子里的人不吃冻死的东西，问我们知青吃不吃。

看到那几个知青端着饭碗，很过瘾地吃着我的"罪过"，我的泪只能在心里无声地流。我对他们说我从小不吃驴肉，同时我在心里对它说我是凶手，我罪责难逃。它到这个世界还不到一个月，仅仅是一个不足满月的驴婴，而且最后还背了一个瞎跑冻死的罪名。

第二天上午，我把他们扔掉的驴皮和骨头之类的东西，用皑皑白雪深深地埋在了小溪边的一颗柳树下。我决定，春天来临后，一定把它厚葬了……

做饭的同学肚子圆

"白干妈"是第四天离开我们知青点的。俗话说:"大懒支小懒,小懒踢门槛。"那天,眼看着该吃午饭了,水缸里淘不出半盆水,一个个还在那里死扛着。

最后,一个类似串联时"老高"年龄的同学说,定一个规矩吧,从最大的到最小的轮流挑水做饭,一人一天,谁有事自己调换。大家轮流报了一下出生年月,我自然排在最后一个。

没想到,当天午饭还没做,矛盾就出来了。前三天是人家"白干妈"做饭,而且自带了土豆和酸菜,帮着我们凑合了几天。这一轮到我们自己做饭,除了油和盐,其他一概全无。幸亏大家都带了"酱油膏",用米汤化开,泡着吃了我们自己做的第一顿饭。

在吃饭的时候,大家不约而同地说到了蔬菜的问题。最后的决议是用粮食换蔬菜。原因一是大家都没有多少现金,二是看着满地的粮食眼热——每人240斤,8个月的口粮,6个人1400斤。当天下午有人用粮食换回来一些土豆、胡萝卜和酸菜。这是当地老百姓冬天的当家菜。自从学会了以物易物,再换回来的就不单纯是土豆、酸菜了,鸡蛋、野鸡、腌猪肉也相继摆上了我们的小炕桌。

您想想,这30斤粮食当口粮,一个人还可以凑合一个月,可要是拿出去换鸡蛋或是换腌猪肉,那又能抗几天呢?等大家看到粮食只剩下半口袋的时候,才相互埋怨开了。其实,每个人都知道用粮食换鸡蛋不是长久之计,只是瞪着眼睛共同装傻。

还没等到开春儿,我们这6个人就断顿了。找队长,队长说我们两个多月吃了大半年的粮食,他没办法。找书记,书记说知青的口粮已经是当地老百姓的3倍(人家当地农民吃饭,从来是一半儿粮食一半儿糠或是麸子,即便丰年也是如此)。无奈之下,我们集体到公社反映情况。分管知青工作的"革委会"朱副主任给我们出了一个主意,让我们先向生产队借些口粮,秋收后从我们的分配里扣减。我们回去之前,他还专门给张书记写了一张纸条。

从这件事情上看,贫下中农还是欢迎知识青年到农村去的。张书记亲自到我们生产队来了一趟,把生产队长、生产组长和会计都叫到了我们知青点,召集大家开了个会。第一层意思是告诫我们今后要学会过日子;第二层意思是说这回的粮食是生产队借给大家的,既然是借的秋后就一定要还;最后还说,秋后分配时是针对个人的,现在打借条一定要个人打个人的,以免秋后说不清楚。

听完张书记的一番话,我们几个人一下现实了好多,尤其那几个年龄大的同学眼睛滴溜儿乱转,一定是在盘算秋后的事儿。我没说一个字,心说顶多再凑合两个月,我宁可自己开伙,也绝对不和他们在一起瞎掺和。那几个大孩子的意见是先借两个月的,每人60斤,各打自己的借条。

粮食背回来后,大家顿时傻眼了。小米是带谷壳的,白面是整个的麦粒。去背粮食的同学还说,根本没称,是用一个木头容器量的。后来我们才知道那叫斗,大斗约50斤,小斗约30斤,其下还有升,其上是石(发但音),他们之间的关系是十进位的。

要想把背回来的谷子变成小米,那你必须要用碾子加工;想吃馒头,那你必须把麦粒放进磨盘磨成面粉。扎扎实实的一个轮回,愣把那几个近 20 岁的大小伙子折腾得屁滚尿流。好在"白干妈"为人很善良,手把手地指导着我们把这些东西变成了真正的口粮。

猫冬的时候,没感觉出谁的饭量更大一些,可随着开春儿后农事活动的增加,眼看着一个比一个饭量大,而借来的粮食则与日剧减。我从小到现在,饭量一直不大,也从来没有在吃东西上面动过什么心眼儿,要不是那几个大孩子为了吃的事情相互揭老底儿,我都不知道在家值班的同学会私下给自己开小灶。

从他们的嘴里我了解到,开小灶的潜规则其实始于轮流做饭。不过那时地上摆着粮食,大家都没有很在意就是了。自从人人写借条借了粮食后,总觉得开小灶是沾大家便宜的可恶行为,尤其是有一个大孩子值班时给自己做鸡蛋炒饭(大家的油,自己买的鸡蛋),被另外一个回去取农具的同学发现了。

当天晚上,大家为此吵得不可开交,险些动手。最后的结局是分家、分灶,阵容是二、二、一、一,我和另外一个知青单挑儿,那 4 个同学分成了两摊儿。不过,3 个月后,也散伙了。如此看来,物质基础决定上层建筑,自古就是铁律。

"鬼子"进村了

当我们这个知青单元彻底解体时，我们这个公社的 151 名知识青年早已经是一盘散沙，还能集中几个人在一起吃饭的知青点几乎不复存在。

现实太教育人了。物质奇缺，谁做饭谁肚子圆，不顾大家利益。劳动量极大，贫下中农安排劳动时，从不讲你是不是毛主席身边来的"亲人"，工分高低虽然不一致，但是干的活计可完全一样。

当时，国家政策明文规定，第一年的工分男知青不能低于 8 分，女知青不能低于 6 分。可到了农村基层，特别是我们那个天高皇帝远的地方（距离县城 180 里路），没有政策，只有感觉。生产队长曾召集了几个老贫下中农给我们定过工分，男知青最高的 6 分，女知青最高的 5 分，而我最惨——3 分！他们的理由听起来不但十分扎实，而且不容置疑。第一，知青不好好地在城里吃大米白面，跑到农村来分他们的土地和粮食，搞得村里人更多、地更少、粮食更缺；第二，知青手不能提，肩不能挑，样样农活不会干，给五六分就不错了；第三，像我这样瞎起哄跟着插队的，没打发回城就是天大的面子了。

嘴再大压不住鼻子，只能服从贫下中农的指挥。工分少不是关键，难的是什么都不会干还得跟着干。幸亏我心灵手巧点子多，很快地得到了贫下中农的认可。在我们插队的地方，你不要看农民们都很穷，但他们很民主,可能与当年红军留下的光荣传统有关。依当地的规矩,每一次的农事活动告一段落后,都会有一次工分评比的社员大会,如播种结束、麦收结束等。

这个社员大会不是针对知青的,而更多的是针对农家子弟的评比。农家子弟也是从三四分开始,半分半分地一路干到十分,也就是"全劳力"。我们知青也要参加这样的会,也要在贫下中农的众目睽睽下接受考评。我最后离开知青点的时候,已经从 3 分长到了 8 分,而第一次定 6 分的同学仅仅和我一样。我可以很负责任地告诉各位看官,每一次的评分大会,我都得到了"荣升半分"的认可。

在某种意义上来说,我很爱干活,不管是农活还是工人的活计,但我不喜欢重复干一种活,也就是说我这个人没长性。

插队当年的端午节前,地里的庄稼已经锄过第二遍草,麦子还要过一个多月才能收割,属于难得的农闲时段。一天下午,我突然地产生了一个想离开知青点出去走走的想法,而且这一想法迅速膨胀得令我心神不宁。

当天晚上,我到邻居家询问了到县城的路线。邻居家的男主人是一个木匠,走南闯北颇有点儿阅历。听我说完我当天的想法,他头摇得像拨浪鼓,一个劲儿地说不行不行。他对我说,如果走公路的话我必须先到延安住一个晚上,第二天才能坐长途车到县城。如果走山路的话,要翻过 4 座大山,一天要走 120 多里山路,而且路还不熟。

对我一些小文章有些印象的看官一定会记得我的一个习惯,别人越不让做的事情一定是我必做的行当。为什么会选择这个地点呢,那是因为我的一个老邻居的儿子在那里插队,和身边的人分家、分灶后感觉很孤独,很想找个地方宣泄一番。

第二天鸡叫第一遍我就起床了，那时大概四点多一些，匆匆吃了点儿东西就上路了。大约8点之前，我到了第二座大山的山脚下。在我的印象中，那里应该有个集市，集市上有一家"人民食堂"，供销社的商店里还可以买些硬如砖头的饼干之类的点心。可当时街头只有寥寥数人，一问才知道日子不对，这里是逢五、逢十有集市。无奈之下，只得随便买了十几个比鸡蛋还小的梨，然后继续上路。

开始往第四座大山跋涉的时候已近下午3点，这里距我的目的地还有大约30里山路，15里川路（当地人称两山之间相对平坦的路为川路）。而这时，那十几个破梨早就被我排泄在沿途的黄土地上。"饥肠辘辘响如鼓"，就是我当时状态的最佳描写。吃力地行走在最后的路程中，我的注意力几次聚集在路遇的乞讨人的身上。内心激烈地斗争着，是不是应该向他们要一些糠窝窝之类的食物，假如他们拒绝，就干脆抢他一票。为了防身，当时我的军用挎包里备有一把小号的菜刀。但一想到知青当时已经臭名远扬，我再闹出来一个知青抢劫要饭的丑闻，那知青就别活人了。于是，索性一没要，二没抢。

好不容易挪到老邻居儿子知青点的山坡下，我已经实在没有前进一步的力量了。收工返回知青点的他们发现了我，一个和刘伯承元帅同姓同名的知青把我背回了他们的窑洞。和我们那里不同的是，他们一起下乡的五个知青还团结战斗在一起，既没分家也没分灶。也许因为他们家庭的社会地位都比较低下，所以他们更懂得同甘共苦，相互支撑。

不一会儿工夫，灶台上大锅的水烧热了。还是刘伯承，他用水桶勾兑了半桶温水，很麻利地帮我洗了个温水澡。后来我才知道，他的父亲解放初"镇反"时被政府枪毙了，他本人也因小偷小摸被公安机关处理过。从我知道了他的名字后,我就自作主张叫他"元帅",没想到一会儿他们就跟我改了口,也叫"元帅"。我的老邻居的儿子在他们几个人中年龄最大,大家都叫他"老头儿",但没有什么贬义。

洗完澡的我歪在被子摞边缓神儿,"老头儿"在灶边忙着准备晚饭。这时,"元帅"对着"老头儿"说:"你那小哥们儿一个人走了100里山路,你总不能让人家跟着咱们啃土豆吧?"其他3人也顺着"元帅"起哄。"老头儿"为难地看着大伙儿,双手一摊一个劲儿地摇头。

"元帅"用手指了一下"老头儿",说:"你丫就是缺心眼,咱没养鸡养猪,他妈的老乡家也没养呀!"说完,叫上两个人走了。前后不到半个小时,窑洞门再开时,"元帅"他们3人每人手里提着两只死鸡。

当年陕北的鸡那才是真正的土鸡,从下锅到能硬着头皮吃,足足煮了两个多小时。等大家喝完鸡汤,把鸡毛、鸡肠子和鸡骨头深埋在柴垛旁边儿,还没来得及打盹,已经"一唱雄鸡天下白"了。

当我感觉已经睡了一觉的时候,忽听见一阵重过一阵的拍门声。没等"老头儿"他们下地开门,老乡们就已经把门板从外面卸了下来(当年当地的大门可真是防君子的)。

在农村生活过的看官可能会有类似的记忆,农民起床后的第一件事就是打开鸡笼和猪圈,让它们出来自己觅食。如此,"元帅"他们的恶行还能包得住吗?而且人家拍门前就已经把证据都挖出来了。没等"老头儿"他们继续耍赖顽抗,十几个青壮年就把他们几个给五花大绑了。要不是一个农村干部模样的长者出面制止,我也肯定难逃那一回的五花大绑。

为了招待我这个小哥们儿,他们那几个人是遭了大罪了。老区人民拿出与胡宗南反动派斗争的经验,他们之中被吊时间最长的是一天一夜。最后,他们被迫承认是一个"坏分子团伙",比胡宗南还坏,比日本鬼子还狠毒,为害乡里,无恶不作。"老头儿"就是反对知青下乡运动的"反革命老头",刚刚当了一晚上的"元帅"就是"反革命老头"的帐前"元帅"。最后,还逼迫他们承认曾经偷过每家最少两只鸡,并写"认罪书"答应秋后一定偿还。

初读男女

随着知青伙食单位的解体，知青的关系一下子变得既明朗又微妙起来。说明朗是指彼此之间的经济关系如明镜一般，说微妙是指原来躲躲闪闪的男女之间的关系更加迷离——住在一起一下子不可能，可分开住又很难选择到中意的伙伴。

现实是事物发展的助推器。与其凑合着单人单灶，既要忙着每天出工干活，还要强忍着疲惫给自己洗衣服做饭，不如另辟蹊径，绝处逢生（看官可以想见那时知青的状况何等凄惨）。这种情况持续了很短的时间后，就像当年传呼机一夜间消失一样，当天下午还在一起聊天的某男某女，晚饭后竟突然搬进了一个窑洞。

可能因为我幼时兄弟姊妹多，又赶上1960年的"自然灾害"，加之我自小缺乏争吃抢喝的能力，虽然没太影响智力的发育，但身体发育肯定受到了极大的影响，绝对属于那种性晚熟型的品种。看到他们一对儿一对儿地搬到一起，我的第一感觉是流氓行为。尤其令我不能理解的是二十七中的一对兄妹也住在了一起，他们的父亲解放初期因参与"炮打天安门事件"而被判死刑。

我之所以对他们的行为持反对态度，说实话有两方面的原因，第一是因为性晚熟，不谙男女方面的事情；第二是缺乏这方面的教育，妈妈不说，学校不讲，以至于曾闹出一个让他们奚落多时的大笑话。

当年"农业学大寨"已经有了苗头，各地农村都在修梯田、筑水库，其中一部分主要劳力就是知青。记得一次公社修筑水库，知青集中住在一个破庙里。吃过晚饭后,那些大孩子经常会聊到男女之情或生育孩子的内容。一天晚上,他们又聊到生育孩子的内容,我也不甘寂寞地参与其中。我讲了一件小孩子是从母亲的肛门生出的往事,其实这件事是我的一位同学告诉我的。他告诉我他亲眼看到过一次生育过程,小孩子是从他妈妈的肛门里生出来的,出生的时候特别脏,接生婆让其他人端进去几大盆温水洗了半天。当时那帮大孩子的笑声几乎把破庙的房顶掀翻,我则傻傻地也跟着大笑。等他们终于笑不动了,一个大孩子对我说:"你丫的以后不听话,就把你塞回你妈的屁眼里!"他的话引得那帮大孩子又是一阵大笑、狂笑。后来,我才明白我的那位同学看到的只是生育过程的一个小细节。可这个笑话让他们多日叫我"小屁孩儿",搞得我这个很自尊的人颇为尴尬。

有了这次教训,凡是他们再涉及此类话题,我都乖乖地竖起耳朵听,一个字也不敢插话,而且对他们的同居还产生了一种莫名的崇拜和好奇,甚至认为这是男人成熟的标志,男人的力量和责任也就在其中。

当年年底,中央在中南海召集了一个座谈会,听取了部分知青代表和地方领导的汇报。认为当时知青工作的成绩是主要的,但也存在一些很严重的问题,如国家政策落实不到位、知青的基本生活状况堪忧、部分女知青的权益得不到保障甚至有欺侮女知青的现象诸如此类罗列了十大问题,并决定春节后组织得力的干部队伍到一线去,尽快解决知青工作中的主要问题。

不知到我们那里去的北京干部怎么理解中央精神的,那么多与知青切身利益相关的大事他们一样不抓,一眼瞄准了女知青的权益问题大动干戈。他们到达驻地的第三天,就在大队部召开了一个全大队的社员大会,中心意思就是动员大家揭发检举侵犯女知青权益的事和人。本来当地老百姓还真不知道什么叫侵犯女知青的权益,一个姓刘的北京干部的解释是只要沾女知青便宜的事儿都算。又有老百姓问啥叫"占便宜"，刘干部接下来的解释就出大问题了，他说："拉过手的、亲过口的、送过东西的、图谋不轨的都算！"

您想想，这不乱套了吗？果不其然，大会还没结束，当场就收集了几十条"犯罪线索"，搞得好几个女知青捂着脸离开了会场。会后，犯罪线索更是如潮水般地涌向了大队部。要不是北京工作组的组长及时到我们大队检查工作，纠正了斗争的大方向，这场闹剧都不知如何能收场。

绝大多数所谓的"犯罪线索"，都因为女知青本人不认可而宣告结案，但是最后一个案子的确让工作组的干部们头疼了。当事的女知青插队时已经 23 岁，当年已经属于年龄偏大的范围，长相就更别提了，而且就她喊扎根农村一辈子的声调高。与她有关系的是他们村里的一个小伙子，19 岁，长得很标致，在村里可以说是帅小伙儿了。说起来，他们应该是自由相爱的。女知青年龄大，长相又差，小伙子经常帮她挑水砍柴，一个是北京姑娘，一个是山村青年 ，各取所长，也能算是一段美好姻缘。

问题出在这个小伙子曾经订过一门亲事，也给人家下过"定礼"。这在农村就是铁板钉钉子的事儿，是万万不可反悔的。可那时小伙子情窦初开，女知青激情似火，没几天两人就偷吃了禁果，而且大有非彼此不婚不嫁的势头。小伙子退亲，在当地就是大逆不道。他不能与女知青喜结良缘就该"大罪临头"。

最后，政治压倒一切。小伙子被政府以"破坏知识青年上山下乡运动罪"判了四年徒刑。抓走他的那天，公安干部在大队部开了一个现场会。两个公安干部十分娴熟地把他五花大绑，不到 3 分钟，这个小伙子汗如雨下，而那时的气候还是初春季节。人群外的那个女知青看到小伙子被押上摩托车时，一声裂人心肺的尖叫把所有人都惊呆了，两个整日守在她身边的女知青紧追在她的身后……

拐棍与狼

乍看标题，看官一定会觉得这两样东西是毫不搭界的，可现实生活无时不在地体现着辩证法的一般准则，比如任何事物都是有联系的，而这种联系有时就是偶然中的必然。下面我讲述的这件往事就暗合了某些准则。

在《初读男女》一文中，我曾经提到过一个北京工作组的组长。此人姓王，北京市教委的一位处长，是一个典型的女业务干部，教师出身，不止在一所学校当过副校长、校长，进教委之前是一所重点中学的校长。王组长是一个让人看上去很矛盾的人，乍一看很严肃，不怒而威，令人肃然起敬。仔细一看又会觉得她很慈祥，很大度，让人很想靠靠她的肩膀，酣畅地宣泄一下心里话。她及时地纠正了刘干部的激进做法，挽救了许多无辜，绝大多数知青和贫下中农都很拥护她的做法。我也是其中之一。

把我与她的距离拉近的另一个原因，是她与我的一次面对面的谈话。那天，我正在硕大的窑洞里的硕大的土炕上制作一个可以装种子的容器。因为操作过于认真，我竟没有发现她的到来。

那时，距离我插队不远的地方还保留着一些原始森林，乔木、灌木和草十分茂盛，有的地方可以说是遮云蔽日、密不透风。当年，别说老百姓，就是国家对保护森林的意识同样淡薄得可怜。于是，当地的老百姓每家都在原始森林的某部位有属于自己的林地，我们知青也照猫画虎圈定了属于自己的"领地"，标志是在"领地"的四周及中间部位砍倒一些粗大的树。凡有此标志的地方，其他人家是绝不涉足的。在我们的"领地"里，可以砍伐更多的树木用做燃料,也可以砍伐一些树干挺直的树木搭建窑洞前凉棚之类的小建筑。不足的是不能买卖——政策不允许,交通也不便。

在与贫下中农的交往中,我除了学会很多农活,还学会了一样其他知青不屑一顾的小手艺——用粗大杨树的树皮缝制存储粮食的容器。其基本工艺流程是这样的:先选中一颗较为粗大、干直的杨树,用斧头在树干某段的上下部位切断树皮与树干的联系,上下的直线距离就是所做容器的周长;然后再用斧头在树干中间切出一条直线;此后就是细心地用斧头慢慢地把树皮和树干剥离;再然后是使用燃烧过、但仍然保留相当热量的草木灰把杨树皮煨软,趁其柔软、韧性十足的时候把它反张过来,形成一个圆筒;其后就简单了,用麻线把它的边缝好,再给它配一个同样材料的底子。这样,一个可以存储粮食的容器就大功告成了。在我硕大的土炕上,类似的大小容器不下十几个。而且每做成一个,我都会有一种莫名的成就感。

那天,王组长去我那里时,我就正在认真地做一个准备用来装荞麦种子的容器。大功告成后,我抬头端详自己的成果时,才发现站在土炕下的王组长。她就一个人,很慈祥地、微笑地看着我,一脸的母爱让人心动。她说来了好一会儿了,看我那么认真就没忍心打扰我。她说找我的目的就一个,问我是否想结束插队生活回北京。具体情况是这样的:在延安地区工作组分工时,地区革委会负责知青工作的一个副主任对她介绍说我是公社最小的知青,在北京去延安的路上他曾劝我看看延安就回北京,不知道当时我的情况如何,如果不好,就趁这次刚好上面有政策,让她把我带回北京(真难为那位主任了,至今我还记得他姓戴,说话嗓门很响亮,是个部队转业干部)。

说实话,当时我真的很感动,那是一个绝好的机会,但是我没有动心，我认为当逃兵是件很耻辱的事。我很直接地拒绝了她的好言相劝，她把我的窑洞看了又看，摸摸被子，又摸摸褥子，摇摇头走了。

王组长他们结束工作返京的消息，我是从别人那里知道的。很想对王组长有点儿表示，可那时我几乎只能想想而已，没物、更没钱。无奈之下，想到了我们住地有一种木质很硬、很韧、实心的灌木，当地人叫它"荀子木"，不知学名是什么，有很多人把它加工成拐棍，用草木灰和油用力摩擦后，油亮亮的很中看。不是说王组长他们都七老八十，离不开拐棍儿，我只是想送给他们一个小纪念品。

那天下午，在我选好材料正准备回知青点时，不经意间看到回家的岔路口蹲着一只很大的灰狼！它与我的距离大约五六十米，耸着肩膀，目不斜视地看着我。那时已近下午 5 点。我来不及多想，三下两下、手脚并用地爬上一棵树。爬到树上一看，它的视线与我的位置完全一致，只是没有向我移动。这时候我的脑子一片空白，慌乱中，唯一可以自卫的斧子也被扔了个贼远。等我继续爬到更高的地方，琢磨着撅根树杈防身的时候，猛然想起狼是不会爬树的，这才终止了瑟瑟发抖的腿脚。再低头一看，刚才那个凶巴巴的大灰狼已不见踪影，但我一时不敢下去，心想万一那个"狼东西"给我玩儿个战术呢。

于是，我固守在大树上，公开地向灰狼挑战，大骂它祖宗十八辈儿，希望能够激怒它，暴露它的阴谋。大约过了半个多小时，没有一点儿异常迹象，我赶紧下树，收拾东西悄悄地溜了回去——真不敢招它，万一……

把拐棍送给王组长他们时，随口轻松地讲了这一段历险记。我看到手里拿着拐棍的北京干部眼圈都红了。王组长死死地攥着我的手，已经是泣不成声……

麦收苦泪

当年插队期间，家人、熟人和朋友经常会问到同一个话题：干活累吗？我几乎想都不想很干脆地回答不累！理由是与熟人、朋友说累不累没有任何意义，告诉家人很累，只会徒增他们的牵挂。

要说实话，真的是很累、很累，不论是平日的农事劳作，还是麦收或秋收，尤其是紧张的麦收季节，对于我们知青简直就是一场噩梦，但这些对于当地农民似乎是很稀松的一件事。

我长大后分析过他们的心态，他们不是在有滋味地生活，而是在很无奈的熬日子，只是他们并不以此为苦罢了。外面的世界对于他们是陌生的，可他们不想也不可能知道。他们的心态特别好，很平静地过着老一辈人曾经的生活，包括他们的一些语言习惯。比如清晨一个老农路遇其他村的乡亲时的对话："XX（一定会按年龄辈分尊称），做甚去（发客音）了（发勒音）？""受苦去（发客音）了（发勒音，且拖长音）。"声频缓和，音调不高，俨然一副很自得的神态。他们把劳动称为"受苦"，但你在他们的脸上绝对看不到丝毫的痛苦或无奈。

在我的印象中，陕北麦收的季节是白天最长的时候，尤其是下午6点左右的太阳，似乎被超高能胶水粘在了天边，半天不见坠落分毫，而且你越是看他，他越是一动不动地和你较劲儿。没办法，只得埋头卖力气地割上一气，再看他时，他才好像奖励般地微微地下降了一点点。就这样一直熬到他老人家不情愿地吻吻远处西面大山的头顶,然后闪身"回家",此时,已经是晚上 8 点左右。这时,生产组长会慢慢地直起腰(莫非他也在看太阳),而且总是用一种征询的口气说:"就收(工)了吗?"没人与他讨论,大家纷纷收拾自己的东西,懒懒地向山下走去。

麦收,对于知青可以说是一种折磨,可对这些生于斯长于斯的乡亲们来说,仅仅是昨天的重复。他们不会因麦收"虎口夺粮"而更卖力气地争时间,也不会因为锄草不费大力气而欣喜自得。反正干一天就会得到一天的工分,至于工分太多了到年底分配时是否会倒贴,在他们的脑子里是没有概念的。

我们插队第一年的麦收持续了将近半个月。经过几天的磨炼后,我基本学会了收割的技巧和适应了劳动强度。麦收最折磨知青的不是技巧和劳动强度,而是时间,特别是对我们这些单身的知青们尤为折磨。那时,鸡叫头遍时大约不到 4 点。这时,农家的女人(当地人叫婆姨)就开始做早饭了。男主人则可以继续睡到鸡叫 3 遍,大约 5 点半的时候。而我们这些单身知青必须要和农家女人同时起床做饭,同时还必须把中午的饭一并做好(因为贫下中农有他们的婆姨送午饭)。前面我说过,晚上 8 点左右才收工,到家一般 10 点左右,做饭、吃饭、洗洗涮涮,头挨到枕头时最快也要 11 点半(那时,贫下中农们肯定已经鼾声如雷)。细心的看官可以帮我们算算睡眠时间。

为了能争取更多的睡眠时间,每个单身的知青都在穷尽所有的办法。我具体的办法是在做晚饭时,同时把第二天的早饭和午饭一并做好。各位看官千万不要误会,我表达的可不是做一顿晚饭分 3 顿吃,我真实的、完整的意思是在做晚饭和吃晚饭的同时,"预置"一定的"技术手段",

然后充分而巧妙地利用我睡觉的时间，在我早上起床时，早饭和午饭已经"自动"做好。

大家都知道，那时我们插队的地方是与电无缘的。我的"技术手段"是在窑洞外面用黄土堆砌一个灶，运用物体坡度自重滑落的原理，让燃料（木材）自动缓缓地滑入灶内，等鸡叫3遍前燃料（木材）基本燃尽，早饭和午饭"自动"做熟。

在这个整体设计方案中，最重要的是做什么样的饭。我的具体措施是做大粒的玉米粥，很稠的那一种，因为它费火又费时间，而且吃起来还很能顶饱。现在一些饭馆里也有此做法，把整粒的玉米去掉皮儿，用高压锅将其焖熟，味道也是很好的。如果当时是做其他饭，那结果如何，我可就真的没把握了。

前两次的实验极其成功，我一下子比往日多睡了将近两个小时，很是高兴。第三次，等鸡叫3遍照例起床，看到灶台上的饭锅后，我却一阵阵地犯晕——饭锅如同水洗过一般一干二净。我使劲地闭上眼睛，认真仔细地回忆头天晚上的一切。回忆的结果提示我，我该做的一切都做了，肯定是因为另外的环节出了问题。

在我蹲在灶台边发愣的时候，柴垛边的一只白底黑花的狗提醒了我。它似乎在摇尾乞怜，但更多的表情和肢体语言则表达的是感谢。往日，它见到我走出窑洞门，一准儿是凑到我身边起腻、散欢儿，目的是讨食。可这一回我还没彻底站起来，它已经掉头而逃——罪魁祸首肯定非它莫属！这狗东西居然也知道它错了。

它逃了，可我就真的惨了。知青家里谁会有隔夜饭啊？我如此自尊的人，怎么好意思跑到别人家里讨吃要喝?！于是我打定主意，硬着头皮、饿着肚子、干完一上午,等婆姨们送饭到地头,就诈说自己身体不舒服请假回家再说吃饭的事儿。

可能是因为空腹,也可能是由于近日劳动强度太大,更可能是体内营养补充不足,没干到半上午我就感觉浑身发软、四肢无力,脸色发白,一个劲儿地出虚汗。生产组长不知怎么看到了我的惨样儿,关心地说:"后生,你是不是有病啊?有病可别扛着,回去(发客音)吧,算你全天工分。"

当时,我连说话的力气都没有了,拿着镰刀和自己的一个小棉袄向山下走去。说起小棉袄,可能很多看官都不理解。陕北的天气很怪,时阴时晴,再加上歇晌时都在树荫处,地气潮湿,当地的农民除去冬天,一年三季都随身带着一件破棉袄或破羊皮袄保护身体。

离开山坡上的麦地,走了没多远,我就已经气力全无。闪身挪进一片有树荫的山坡,就地躺在一棵大树下瞬间就睡着了。一觉醒来,准确地说是被夜间寒气逼醒过来,此时,天上已是繁星点点,一弯勾月。我把小棉袄紧紧地裹在身上,依然抵不住夜里寒气。这时,一阵恐惧突然袭上心头。我知道我们住地的附近有狼、野猪、狍子等野兽,深山的猎户还曾捕捉到过豹子。

在我深陷恐惧漩涡而且难以自拔的时刻,突然发现山脚下有一线闪闪烁烁的亮光,似马灯又似火把,隐约间还能听到老乡们嗷嗷的吼声。当地人哄赶野猪的时候也会这样吼,据说声音会传很远。这声音是否能传得很远,我无从得知,但那时他们在山脚下的吼声,已经几乎击穿我的耳鼓膜。

我用知青联络的特有方式——手指打口哨,对着山下响亮地吹了一声口哨。于是,我再看到的是马灯和火把迅速地向着我所在的方向聚集,我再听到的是连成一片的嗷嗷声。

那时,我唯一的回报就是一脸天真、率直、感恩的泪……这泪一直流到想起此事的今天。

鲜血折起的日历

听过多少次心灵感应的故事，包括什么同胞妹妹落马骨折，远在千里之外的姐姐的同一部位疼痛难忍；什么同胞兄弟考试错题都一样；也见过多少次蒙人的第六感觉，如主持人向观众席"随意"要一个越洋电话号码，然后问对方你知道你的哥哥在干什么嘛，对方假装想了几分钟以后说，她的哥哥好像是在一个很大的场所，过一会儿又说好像在录影棚……这些，我都不会计较真假，因为与我无关，但最让我难忘的是妈妈当年折起的那页日历。其他一切都可能是假的，但这个事实绝对是千真万确的。

第二年插队初春的一天，生产队没有多少活儿，我随意到饲养棚去闲转。几乎是在无意间，饲养棚慢慢地成了我心灵休闲的地方。饲养棚的主人是一个单身汉，既聋又哑，左腿还有残疾，听村里的人讲，他还是一个老红军，刘志丹的部下，腿部的伤是当年打仗时留下的（不知他聋哑是如何落下的）。当时的优抚政策基本上无从体现，他每天 12 个工分，因为夜里还要给牲口添草加料。这样下来，全生产队他是个人挣工分最多的，同时也是倒贴最多的人。但这一切和他好像一点儿关系都没有，他听不到，也说不出，没粮食了到库房领一点儿口粮就是，何况他怎么能吃完他的口粮呢，应该是生产队倒欠他的才对。

为什么他那里会成为我心灵休闲的地方呢？人是群居动物，我虽然不愿意去与那些年龄大的知青交流，但并不等于我不需要交流。您不要

185

看他不言不语，但他的眼神和肢体语言极为丰富，只不过更多的人根本不知道而已。"驴婴事件"后，我主动去饲养棚看过一次。他见到我后，眼神流露出既陌生又亲切的感情。我能感觉到他知道我是远道来的客人，瘸着腿倒水，还拿出用草木灰爆出的玉米花摆上炕桌，使劲地推我坐到热炕头的一边儿。他坐在我的身边，啊吧啊吧地不知说着什么，但我能感到他在尽全力表达着他的热情。

从此，他那里就成了我的常去之处。只要我一到，他一定会拿出这样或那样的新鲜东西，爆米花、爆黄豆、爆麦粒，最神奇的是有一次他居然拿出了两只烤得焦黄的野鸡腿儿。我惊呆了！经过他的比比画画、啊吧啊吧，我猜到他的意思是村里一个叫"野鸡大王"的人送给他的东西。他瘸着腿在炕下转了好几圈儿，在我的肩膀狠命地捶了好几下，然后双手拿着野鸡腿不停地往我的嘴里塞。

对他这么一个被大众抛弃的热心人，我根本无以回报，唯一能做到的是多去看看他，多去陪陪他，多吃一点儿他的东西，因为那时是他表情最灿烂的时候。有时我们会一起铡饲草，那也是我们共同欢愉的时刻。本来，铡饲草是生产队必须派人干的活，与饲养员是毫无关系的，但是我喜欢，想必他更喜欢。因为我帮他铡饲草时，我们之间会有一种心灵的互动，而且这种互动完全是通过眼神交流的。他知道我的年龄小，力气不足，每次续草时总是尽可能地少续，生怕我受累；而天生好强的我总希望他续的更多一些，从而锻炼自己。就这样，我们的眼神在不停地交流着。"后生，够了，别累着。""干大（干大是陕北的叫法，北京话大爷的意思），多些，没事的。"经常是在这样的眼神交流中，我们已经不知不觉地铡了一大堆饲草。

这天，我刚进饲养棚就闻到了炖肉的香味儿。他兴奋地把我拉到灶台前,打开锅盖。锅里炖着半锅腌肉和土豆,但更多的是土豆。很快,他把菜和小米饭端上炕桌。在他的啊吧啊吧和比画下,我猜到那一天是他 60 岁的生日,便诚惶诚恐地在炕上给他磕了个头。他很慌乱地制止我,浑浊的眼泪洒满一脸。

很过分地解了一把馋瘾,饭后还进行了我们的"心灵互动节目"。吃得有些多,需要消食;心情很愉快,更想锦上添花。结果干得有些过火,出了一身大汗,敞着胸离开了饲养棚。没想到傍晚时分就感觉有些不对劲儿,浑身发冷,嗓子奇疼。这是我扁桃腺发炎的前兆。赶紧喝了些白开水,晚饭都没吃就休息了。

不知睡到了什么时间,我被彻骨的寒冷激醒了。这时,四周一片静寂,连一声狗吠都听不到。依我的感觉,应该是夜里一两点的光景。当时我的第一感觉是浑身处在冰窖里一般,冻得全身发抖,都能听到牙齿在抖动的声音。我挣扎着把炕上所有能盖在身上的东西一股脑儿拥在身上,似乎觉得好了一些,糊里糊涂地又睡了。再次被寒冷激醒时,我发现自己莫名其妙地趴在水缸旁,上身裹着棉袄,下身穿着一条薄薄的秋裤。应该是昏睡中口渴觅水导致的后果。

当年探亲看到妈妈右侧额头有一块新疤,连忙打听。妈妈走到日历旁边,打开后我看到一页折起的日历(当年那种每天一页的日历)。在我不解的眼光下,妈妈讲到有一天夜里做梦,梦见回家的我头上缠着纱布,她用力地扑向我,头撞在木床的床头上,结果流了很多的血,还留下了这块伤疤。那天,就是饲养棚干大 60 岁生日的那一天。妈妈讲完,我猛然想起,那天昏睡中我也有回家的印象……

黄土高坡的"百家宴"

看官千万不要误会,此处所说的"百家宴"绝对不是说一百家都摆设了家宴,而指的是全村的每家都宴请了我这个毛主席身边来的"亲人"。理由是我即将结束插队生活,要离开朝夕相处了几乎两年的贫下中农们。

工作组的老王们和比他们级别更高的工作组成员陆续返京后,客观地向更高层次的官员们汇报了知青们的生存状况,更有意义的是高层开始对知青运动进行理性的反思。不敢说决策层意识到知青大规模上山下乡做法的错误,但实际上已经逐步对上山下乡的政策进行了调整,比如不再继续提倡大城市的知青远离家乡,到什么"祖国最需要的地方去",而是采取了"就近下乡为主,隔届下乡为辅"的方法,北京的 1970 届、1972 届毕业生就全部留京安排工作;再如逐步安置偏远地方的知青到企业去工作,从省级企业到地县级企业都开始招收知青;再如,对个别身体条件不适应插队的知青,通过"病退"的形式安置回到原来的城市。总之,给人们的印象是知青下乡已经不再是轰轰烈烈的一场运动。

这时,我的"老阴天"亲爹结束了所谓的政治审查,第一批从"五七干校""毕业",并被安排到大西北的一个城市工作。那时他们单位的掌权者还是"四人帮"的爪牙,对他们这些业务干部、尤其不是"一条线"上的干部根本不感兴趣。他刚离开干校又被轰到大西北去了。这种做法对"老阴天"们绝对是不公道的,但他们这些老党员绝对是不会有意见的,还会自觉地认为这就是党的安排。我听大哥讲,"老阴天"从干校回到北京的第二个礼拜就赶赴大西北报到去了,而且一干就是近 10 年。

他孤身一人寄居大西北,其苦可想而知。不过,倒是给我提供了一个摆脱插队生活的机会。他在西北工作的单位是一个军地共管的机构,部队的干部当一把手,他主要的任务是负责业务工作。1970 年 11 月中旬,"老阴天"亲爹给我写了一封长信。信中简单地介绍了他的大概情况,更多的内容是告诉我如何早作安排,争取能赶上当年的冬季征兵(就是百姓诟病的"后门兵"),还不厌其烦地嘱咐我如何处理好和当地政府的关系,怎样顺利地离开当地,以及如何坐车、在哪里换车……完全忘了他的儿子两年前就曾经跑过半个中国。

那时,我们公社已经开始对知青招工。我的想法很简单,你招你的工,我不去就是,我当我的兵也与你无关,可没想到还真闹出了一些麻烦事,下一篇的文字里会有所表述。接到爸爸的信后,我逐一到村里的贫下中农家道别,顺便按着我的想法把自己的粮食和日用品等进行了处理。我给饲养棚的"干大"留下了一条很厚的狗皮褥子,因为他的腿曾在战场上留下伤;给邻居小木匠家留下了一个大洗衣盆,他婆姨是一个镇上的老姑娘下嫁农村的,偶尔也会用大盆洗洗衣服;给生产组长留下了我所有的烟叶,那时我已经和贫下中农打成一片,开始抽旱烟……

给他们送这些东西的时候,我没有任何想得到回报的想法,只是觉得两年的时间已经与他们结下了很深的感情,全村的人对我都是很好的,给他们一点儿东西只是为了留个念想,并觉得自己能拿出来的东西太少、太少了,而且此行我是去当兵,很多的东西以后也用不上了。

是张书记第一个把我请到他家吃饭的(实际上他的父亲比他对我还好十倍),有生产队长、生产组长和会计作陪。他家的条件比较好,杀了一只羊,可那时我还没有学会吃羊肉。吃饭快结束时,我一个劲儿地表示感谢。张书记对作陪的人说了一句话："人家北京来的后生也不容易，安排一顿饭是应该的。"队长连忙把话接了过去，跟着说："俺后晌就安排。"生产组长和会计也跟着响应，根本轮不上我插话拒绝。后来我才知道，很多知青先后离开知青点儿，但享受到此殊荣的知青就我一个人，牛逼吧！

就这样，一个全村各家各户请我吃饭的"小运动"就形成了，张王李赵地依次排了下去，搞得我十二万分的被动，不去谁家就会得罪谁家，而且村里还有几家条件是很困难的。我是知道整体安排顺序的，于是我在心里把困难的几家安排在早饭，想象征性体验一下就是了，可陕北人的真诚和率直真的把我感动了。

第一家困难户，我是贸然去的。早上一进门我就假装爽快地说到他们家来吃"分手饭"的，可根本没想到会适得其反。这家的男主人有些神经病，万事不管；女主人的身体也不太好，她听说我主动上门吃"分手饭"，差一点儿急哭了："后生，你可不能这样打人脸呀？俺家条件差俺知道，俺杀不起羊，俺宰只鸡还是能做到的，更别说你还给俺家送粮食……"

我不敢再自作主张了，我知道自己的想法和做法一定会深深伤害他们的，只得按着顺序一家一家地吃了个遍。每家都是尽最大的努力安排这顿饭，作陪的人也是他们认为最亲近的乡亲。我本身饭量小，再加上离愁作梗，几乎每顿饭都是眼泪拌饭结束的。那几天，我的体重肯定减轻不少。

最后一顿饭是村里一个外号叫"野鸡大王"的人请的。严格意义上说是在我的窑洞，用我的锅灶，我亲自动手，"请我"吃的饭。"野鸡大王"是一个光棍汉，大概50岁，一生未娶，唯一的爱好是用绳套或夹子捕猎野鸡，而且不分冬夏。别人去下套或下夹子，偶尔也能捕到一只半只。而他不一样，只要上山，少了三五只，多了七八只都是常事。特别是在冬天的雪地，他最多一次捕获了16只，因此得名"野鸡大王"。村里不止一个人向他求教,而他总是说谁给他找个婆姨他就教给谁真本事。

我离开村子的头一天下午,他提着几只野鸡来到我的窑洞,大大咧咧地说:"干大俺请你吃野鸡,让你吃个够!"他把野鸡丢在地上,说了一句你先收拾着,扭头走了。我按着妈妈做肉的方法,收拾好后把那几只野鸡都炖进了锅里。冬日的天短,天已经大黑了,他才进了我的窑洞,我刚想责怪他几句,看到他身后跟着饲养棚的"干大",连忙起身把干大让到了热炕头上。

这时,野鸡肉已经炖到了火候。饭菜上桌后,"野鸡大王"从怀里掏出大半瓶黄米酿制的白酒,给他自己和"干大"各倒了一些。那时,我对酒干脆一窍不通,也凑热闹地倒了几滴,同时兑了半碗开水。时至今天我还能记得,那晚"野鸡大王"除了说"北京的后生咋这么会做饭呢"之外,就是和"干大"端起碗喝酒。那时的陕北人不兴干杯,一点儿一点儿地抿酒,所以总见端碗,不见下酒——还是穷,喝不起,更干不起。"干大"则一会儿啊吧啊吧地对我伸伸大拇指,然后很认真地吃野鸡肉,一会儿紧握着我的手,很动情地流着浑浊的眼泪……

那天晚上,我吃得很多,睡得很晚……

胜利小逃亡

与"野鸡大王"告别后的第二天,鸡刚刚叫三遍时,生产队派来送我去延安的后生就在拍我的窑洞门。这个后生名叫杜生银,在我插队的时光里,他可以算是与我接触最多的一个人,连我的小旱烟袋都是他一手操办的:最小号的铜烟袋锅,油亮的木质烟袋杆,山羊皮缝制的烟荷包,另外配了一根小黑牛皮的抽绳。这在当年已经是很精道的一套烟具了。另外,"特供"给我的第一批烟叶也是他精心炮制的,味道既醇且不烈,很适合像我这样刚入门的烟民口味。由于他的热心和精心,我很自觉地加入了当地的烟民队伍。那时我还不足 15 岁。

让生产队派杜生银送我是我的主意。杜生银在我们村里他的同龄人中间,长相只能说顺眼,但他好琢磨事情,各路鬼点子也多,和我很投脾气。还有一个原因是我评 5 分半时,他评 6 分,等他评上 7 分时,我也评到了 7 分。我插队第二年春耕时,他在犁地时不小心把一个桦犁给搞坏了,所以春耕后评工分时我"荣升半分",他则原地踏步,让我追了个"肩并肩"。他虽然有怨气,但他看到我们知青中除了我长了半分,其他人纹丝没动他就没说第二句话。除此之外,还因为当年春播撒种子时,我已经和全劳力的老农共同播下了收获的希望。

我相信更多的看官对此项农活的了解不会太多。在我插队的黄土高坡虽然告别刀耕火种的年代已有时日,但每年春播时,撒种还是要经验比较丰富的老农用手播撒籽种。这样的老农在每个生产队也就是两三个而已。播种前，他们会对眼前的大山坡迈着大步来回丈量一番，然后从粮食保管员的羊毛口袋里舀出几升几格的谷子或麦子，放到他自己的类似今天年轻人背的那种不大不小的、羊毛织成的挎包里。

老农此后的动作是最令人兴奋和羡慕的。你会看到这个老农从山坡下的一侧开始，迈着很"制式"的大步，伴随着每一大步，他的大手会很自然、很机械、很匀称地洒出一把一把的种子……一直到把这个山坡撒完。种子撒多了是浪费，目测不精确种子拿少了则要下山取第二次子种，那就把人丢大发了。撒完之后，山坡下的我们才开始用镢头从山底下一直干到山顶上，把他洒下的种子翻盖在晒了一冬的土壤下面。而这时，那个播撒籽种的老农则很悠闲地靠在山顶的大树下抽着旱烟。

这就是我追求的老农形象，我认为当农民就要当这样的农民。为了掌握这门技术含量比较高的农活，第一年的春播后，我在河滩地专门用白沙子苦练了好一阵子基本功，自认为已经达到了预测准确、撒种均匀的水平。第二年的春播时，我对生产队长死缠滥打，一定要学着撒种子，并以失败秋后扣我口粮为承诺获得了播撒籽种的权利，当然，是在一个比较小的山坡。出苗后，虽然不如老农的水平，但也得到了老农的认可。对此，杜生银十分佩服我这个知青的韧劲和能力。

上午8点刚过，我和杜生银就到了公社的大院，而公社的干部大多数还没有上班。找到主管知青工作的副主任，向他说明了情况，请他给我开一张介绍信，写一份插队的鉴定。听完我的话，他愣了好一会儿，说："这事俺可决定不了，你等会儿吧。"他走了，我愣了。这时才想起"老阴天"亲爹信中的嘱托，但此刻为时已晚。等那个副主任再进窑洞，给我的结论是十分肯定的："不行！知青的工作必须由公社统一安排，绝对不能自行其是。"同时通知我政审已经过关，要尽快参加第一批招工的体检。

　　我一边继续和他斡旋，一边想着主意。最后的决定是一走了之，不管他妈嫁给谁！但是这个主意我不能当面告诉杜生银，出去说又怕引起副主任的警觉。于是，我尝试着给杜生银使眼色、努嘴，希望他能准确领会我的意思。

　　看来选他送我的决定是绝对正确的。他眨眼表示明白我的意思，还用手指对方向做出了确认。在我故意提高嗓门和副主任继续交涉的时候，杜生银悄无声息地先撤了。此时已经到吃饭的时候了（冬季公社干部吃两顿饭），为了迷惑副主任，给杜生银更多的逃跑时间，我缠着副主任让他领我到灶房吃饭。当时他手头正在忙着一件什么事情，喊来公社的文书带我去吃饭。在灶房里，我装模作样地随便吃了几口饭，然后一溜烟地追赶杜生银去了。

　　俗话说，人倒霉了喝凉水都塞牙缝儿。我离开延安的第一站应该是宁夏的盐池县，可此前的一场大雪影响了几天的交通，去盐池的票几天前就卖完了。我面临着两条路：一、继续等票，等票的同时被公社干部带回去；二、另辟蹊径，尽快离开这个当年胡宗南一心要占领的延安城。我毫不犹豫地选择了第二条路，买了一张沿途的车票，先到志丹县，然后继续前行。

　　第二天上车前，我意外地发现我托运的箱子竟孤零零地躺在离长途汽车不远的地上。去问行李员，被告知公社的干部不让我走，昨天说过今天发车前来领我，可发车铃都响了，愣不见公社干部的鬼影子。其实，箱子里也没什么像样的东西，放到今天，拾荒的人未必能看得上。但那时人就那么死心眼儿，情急之下我拿出小孩子的撒手锏，一脚车上，一脚车下，一边大哭，一边大骂……又拖延了大概 10 分钟，司机喊来行李员，骂骂咧咧地把我的箱子装上了车顶。

　　长途客车西行半天,到了陕北红军领袖刘志丹的故乡。卸下行李后,赶忙到站长室找站长联系第二天车票的事情。凑巧得很,站长竟是原来我们安塞县车站的老站长。插队第一年有一次在安塞县乘车时,他曾托我邻居的儿子买过打火机的火石,当时我在现场,他还说过我:"这么小就插队,太遭罪了!"他认出了是我,对我说公社的干部刚才还来过电话,让他帮忙把我留下,过两天来接我。当时就把我吓哭了,心里连连后悔没听"老阴天"的教诲。站长看见我的可怜样子,连忙说:"后生不怕,不怕,干大一定想办法。"

　　说归说,做归做,我的小命可就攥在他的手心里了。人家既然说了想办法,你总不能再追着问人家想什么办法吧。行贿,没钱也没东西,而且那时也不知道这一套,当时把我这个自以为随时浑身是主意的人愣急出了一身汗。

　　当时已临近 1971 年的元旦,能看到四处都在喜迎新年的景象。看到这些,我不由得更加着急了。"老阴天"亲爹给我的最后期限是 1 月 6 日之前,实际上根本没有那么绝对,只是他瞎认真而已。我急得四处乱转,有意无意间又进了站长室。这已经不知是第几次走进站长室,站长随口问了一句:"后生,会写对联不?"我想都没有细想,就满口答应:"会写!会写!"我太想用自己的努力换来站长的帮忙了,只要明天能离开志丹县,让我学小狗爬一圈都行。

　　拿着红纸、毛笔和墨汁走进会议室后,我一阵一阵地发懵,我啥时间写过对联呀,儿时"描红"还与爷爷斗智斗勇呢?可既然接受了任务,而且还直接关系到我的去留大事,这可容不得半点儿的马虎。红卫兵时代我虽然没有写过大标语,也没有写过对联,但毕竟见过不少的大标语和对联,对毛主席老人家的诗词也并不陌生,关键是怎么能装模作样地写出一副对联。

　　我毕竟属于智商偏高人群中的一分子，我想出了一个用抹布代替毛笔蘸水写字，然后用铅笔勾边，再用毛笔蘸墨汁填空的"高招儿"。看官可能看着此招儿十分容易，但能想出此招儿首先不易，再者您能把握抹布蘸多少水写字更合适吗？说实话，为了实践抹布蘸水的分寸，我最少浪费了一大张红纸，而且还是省而又省、慎而又慎。

　　当"四海翻腾云水怒，五洲震荡风雷激"的"郑体"行书的对联贴在志丹县汽车站的大门两边，老站长背着双手上下打量着对联，嘴角溢出满意的笑容时，我知道穿军装的日子已经在前面向我招手了。

无意间走出的歪脚印

多说两句，对这个集子的书名予以小注，为的是让各位看官能更多地了解我这个人的里里外外，减少几分怨怼。

说实话，老早就有闲时码一些文字记录自己往事的想法，但定的时间是退休以后。之所以提前，是因为我的坏脾气歪打正着。

一日晚饭后，几个好友小聚，席间其中一位小兄弟谈到闲时写了几篇小文章，追忆儿时的往事。原本是一件很好的事情，但这位小弟席间夸海口说文章累积数千言，保证无一错别字，亦无标点错误。这件事别人听过且过，我则接话茬儿说假如有错别字该如何惩罚。话赶话到此时，小兄弟赌气说一个错别字罚500元请客。

次日，文章发到我的信箱，差错率并非如他所言。此事放到别人身上肯定一笑了之，不会更加深究。可偏偏遇到我这个"杠头"，在另一次小聚时把此事摆到了桌面。当面揭人家短处，结果可想而知——这位小兄弟颇为不满，拂袖而去。

事后我百般自责，心说人家本身就不是专司文字工作，我们即便几乎一辈子捉刀动笔的，谁又敢说没有差池的时候。思来想去没有想出什么更为稳妥的道歉方法，最后决定也写两三篇小文章，让人家狠狠地数落一番，一解人家心头郁闷。

多年工作习惯了，动笔前先拉了一个单子，以部队的内容为主。等把"谢罪"的内容写完了，觉得剩下的篇目不写有点儿浪费资源，于是一口气把部队内容的20篇文字码完了，随后又续力把儿时、串联、插队的往事提前一路码了下来。您说这不是歪打正着，走出的"歪脚印"吗？

十几万字码完了，回头看看自己的旧事，更觉得是一路"歪脚印"了，当然，一直在努力地"正步走"。您看看我，小学毕业本该进中学大门，可跟着人家大哥哥们全国乱跑去串什么联；本该留在中学多学一点儿文化知识，却突发奇想跟着大哥哥和大姐姐们去插什么队；幸亏"老阴天"亲爹帮着"走后门"在大熔炉里历练了一番，可在大熔炉里还招猫逗狗老惹事……

其实，我们这一代人有几个不想循规蹈矩地走过自己的一生，是历史让这一代人不可能正步一路走下去，"文革"影响的绝不是我一个人，而是一代人。这些人有幸地一路走下来，尽管步履维艰，左右忽闪，但毕竟大方向没有闪失，"正步"虽然走出"歪脚印"，但一路向前，已是幸事。

您说这"正步走出的歪脚印"不值得文字略述吗？